Les nouvelles enquêtes de Victor Tarin
Par Eric Rondel

le phare au pendu

roman

Collection Breizh Noir

Ce livre est une œuvre de fiction. Les personnages, les situations et les lieux décrits dans ce roman sont purement imaginaires. Toute ressemblance avec des personnes ou des événements ayant existé ou existant, ne serait que pure coïncidence et le fruit du hasard.

Email : Ericrondel@aol.com

Autres titres de la Collection Breizh Noir

« Les aventures de Victor Tarin »
par Eric Rondel
Coup de Tabac sur le Cap
Meurtre sur la Rance
Le Tueur des Trois Vallées
Du Sang sur la Lande
Vache folle et crêpes mortelles
Le phare au pendu

« Léon Sublet, Garde Champêtre »
par Bernard le Guével
Un cadavre dans les choux

Le radeau de l'amnésique par Lionel Rioche

Remerciements particuliers de l'auteur à Monsieur Henri Richard le gardien actuel du phare du Cap-Fréhel, pour sa gentillesse, sa disponibilité lors de mes passages et les renseignements techniques qui m'ont été indispensables pour écrire ce roman et le rendre le plus crédible possible.

Ce drame familial, aussi incroyable et inhumain qu'il puisse être, est rigoureusement authentique dans ses moindres détails. Seuls les noms des protagonistes ont été changés, afin de ne pas nuire aux familles de ces monstres à visage humain. Cette horreur a laissé de profondes traces sanglantes sur la côte de Penthièvre entre le Cap-Fréhel et Erquy, encore visibles aujourd'hui. Il ne se passe pas une réunion publique sans qu'il en soit fait état. Je ne connais pas un autochtone qui ne ressente un frisson d'horreur lui parcourir l'échine en passant devant les lieux où se sont déroulées les différentes phases de ces exécutions.

Lecteur, si vous n'êtes pas de la région et qu'un silence soudain remplit la salle d'un des bars de Fréhel, Plurien ou Erquy au moment où vous en franchissez le seuil, c'est que la conversation tournait autour de l'affaire du *Phare au pendu.* Des informations inconnues des autorités judiciaires filtraient de gosiers trop loquaces. Un conseil, ne cherchez pas à en savoir plus, car votre curiosité *d'étranger* ou pire, *de parisien*, pourrait vous attirer bien des ennuis, comme cet habitant de Roubaix l'an dernier, qui vit sa caravane s'enflammer sans raison apparente dans le camping municipal du Vieux-Bourg.

Bien qu'elle soit digne d'un *thriller américain flirtant* parfois avec un film d'horreur à grand budget, cette histoire monstrueuse s'est pourtant déroulée, il y a quelques années, dans notre région.

J'ai longtemps hésité à vous raconter dans ses moindres détails cette tragique histoire où sexe, meurtre et jalousies commerciales se mêlent à la folie humaine : car elle implique des gens influents qui sont toujours en activité dans le Penthièvre.

Si, à l'époque des faits, à la demande de la justice, de nombreux détails scabreux furent occultés au public, pour ne pas perturber *le bon équilibre des choses établies,* aujourd'hui je veux rétablir la vérité. Je veux faire honnêtement mon travail de journaliste d'investigation et révéler la vérité à mes lecteurs..

Avant de vous livrer cette enquête pénible, qui m'a pris de longs mois de recherches approfondies pour une rédaction très détaillée, il faut que vous sachiez que de nombreuses pressions – parfois violentes - m'ont été infligées pour empêcher la publication de ce travail… Ces menaces me prouvant que j'étais sur le bon chemin – les coupables n'ont peur que de la vérité, c'est bien connu – m'ont encouragé au lieu de me faire renoncer dans ma tâche. La mort suspecte du principal témoin de ce drame quelques heures après qu'il m'eût parlé, me conforta dans mes idées et transforma ma soif de savoir en devoir d'information.

Pour que la triste vérité du *Phare au pendu* ne soit jamais oubliée dans le Penthièvre…

Victor Tarin
Sables d'Or-les-Pins
17 avril de cette année.

Un éclair d'une puissance extraordinaire zébra le ciel d'encre de la lande de Fréhel, effrayant le dernier des *poulpiquets* égaré au bord du *Trou de l'Enfer.* L'onde de choc du tonnerre, arrivant presque aussitôt, déchira le silence dans un craquement infernal, se répercuta contre les falaises abruptes en un écho assourdissant, roula sur les flots et se perdit à l'horizon.

De grosses gouttes tombant lourdement des nuages épais commencèrent à brouiller la mer, qui se mit à frémir comme si des milliers de petits poissons frayaient à sa surface. Le ciel lourd de menace craqua de nouveau, la pluie redoubla de puissance, comme si elle voulait lutter contre l'orage. Sur la terre ferme, les anfractuosités se remplissaient puis débordaient en petites rigoles se transformant rapidement en rivières, puis en torrents fous qui dévalaient les collines, serpentaient dans les vallées, inondaient les champs, les fossés, les routes, à la recherche d'une échappatoire afin d'évacuer leur trop-plein. Des centaines de cataractes se jetaient affolées du haut des falaises et se déversaient dans les abîmes avec un bruit infernal.

Bientôt l'orage s'éloigna, laissant la place à un puissant vent de nord-ouest qui souleva des vagues monstrueuses qui vinrent se fracasser sur la côte en y causant de nombreux dommages. La puissance dévastatrice de l'ouragan, multipliée par une forte marée de ce début de printemps chaotique, emporta des morceaux du port Jacquet à Saint-Cast ; brisa en deux l'ancien quai d'Erquy dont le vieux phare à tête rouge fut détruit en quelques secondes ; inonda les commerces des Arcades à Sables-d'Or-les-Pins, la toiture du casino s'envola et une partie de la falaise surplombant le port du Val-André s'écroula, tandis que le joli campanile de la chapelle du Vieux-Bourg explosait sous la puissance des rafales.

Cette nuit-là, la côte de Penthièvre fut au centre d'une dépression sans précédent, où les éléments en furie se déchaînèrent et déversèrent la désolation et la terreur sur leur passage.

Le vent hurlait à la mort à travers les ouvertures, tordant ou arrachant tout ce qui lui résistait, arbres, ardoises, barrières, vitrines, panneaux indicateurs, fils et poteaux électriques ou téléphoniques ; un déluge tombait, inondant caves et routes ; la grêle martelait sa chute, brisant fenêtres et toitures de voitures ; la marée, ne voulant pas rester inactive, projetait ses vagues à plusieurs dizaines de mètres du rivage, le tout accompagné par un orage d'apocalypse roulant aux quatre coins de l'horizon. Tous les éléments avaient redoublé de leur puissance destructrice pour frapper les esprits. Jamais de mémoire d'homme, un tel cataclysme ne s'était abattu sur le vieux duché des Penthièvre.

Au milieu de cette tourmente qui semblait ne pas avoir de fin, une camionnette, probablement le seul véhicule dehors à cette heure-là, roulait ou plutôt survivait, sur la route touristique conduisant du Cap-Fréhel à Sables-d'Or-les-Pins. Les essuie-glaces balayant à la vitesse maximum, avaient bien du mal à évacuer l'eau et la grêle qui s'accumulaient sur le pare-brise et les phares perçaient difficilement l'obscurité, rendant la conduite dangereuse et hasardeuse. Le chauffeur, un homme d'une cinquantaine d'années, semblait nerveux et conduisait comme un robot, les yeux fixes et la respiration courte... Il avait peur... Des gouttes de sueur perlaient son front et mouillaient ses lunettes embuées. Jetant machinalement, mais régulièrement, un œil inquisiteur dans le rétroviseur sans tourner la tête, il semblait redouter quelqu'un ou quelque chose qui le poursuivait.

La climatisation étant inexistante dans son véhicule utilitaire et sa panique lui empêchant de penser à entrouvrir une vitre latérale, il devait régulièrement essuyer ses vitres avec le dos de la main pour tenter d'apercevoir le ruban d'asphalte brillant sous la pluie…

Puis soudain, entre deux éclairs, son cerveau en ébullition aperçut une ombre furtive traverser la route, il reconnut *Mourioche,* le triste cheval noir tirant un antique chariot où trônait un grand homme sombre armé d'une gigantesque faux… Son cœur de Breton comprit que l'*Ankou* venait le chercher…

Il comprit qu'il allait mourir…

Dans le petit bois de pins de La Carquois qui surplombe les carrières grignotant inexorablement les falaises de grès roses - par endroits de lamentables squelettes dépouillés par la cupidité - une bourrasque plus forte que les autres déracina un arbre qui vint s'écraser avec grand fracas sur la route.

Le conducteur, perdu dans son angoisse et scrutant sans relâche un hypothétique poursuivant dans son rétroviseur, à moins qu'il ne cherchât à fuir sa propre ombre ou son passé, tournant même dangereusement la tête de temps en temps, aperçut la masse végétale couchée sur le goudron trop tard et engouffra son véhicule dans le tronc à pleine vitesse.

Son corps, emporté par la vitesse et la violence du choc, partit en avant comme un boulet de canon, sans que son cerveau ne pût rien faire pour le retenir. Pensant qu'un accident ne pouvait arriver qu'aux autres, il avait négligé d'attacher sa ceinture. Il y pensa bien pendant un millionième de seconde, c'était trop tard, son corps était livré aux forces physiques comme les pantins désarticulés qu'il avait vus à la télévision dans les crashs-tests. Vivant les quelques millièmes de secondes du choc comme dans un film au ralenti, il avait conscience que sa tête allait s'arrêter quelque part et que le choc allait être terrible…

Il allait avoir mal…

Il en était sûr…

Peut être allait-il mourir ?…

Peut-être allait-il survivre, mais vivre le reste de son existence dans un fauteuil roulant ?

Cependant, dans ce jeu de *La vie ou la Mort,* il n'avait plus le droit de choisir… pas de joker… pas de deuxième essai… il fallait accepter le verdict sans appel de son inconscience.

Sa camionnette de livraisons étant trop rustique, il n'y avait pas eut d'airbag à sortir du volant à la vitesse du son quand le pare choc avait percuté l'arbre.

Curieusement, quand sa tête heurta violemment le volant, il n'eut pas mal, il pensa être sauvé et un rictus se forma au coin de ses lèvres d'où coulait un mince filet rouge foncé... Dans son regard vide, il vit même un objet brillant voler vers lui et, en tournoyant, lui passer à travers le corps...

Là non plus il n'éprouva aucune douleur...

Tout était devenu silencieux, même le vent, qui acceptait le sacrifice, était soudain tombé. Seules quelques gouttes de pluie s'écrasaient sur le dos du conducteur de la camionnette à travers l'espace laissé libre par le pare-brise qui s'était brisé et dont les milliers d'éclats brillaient comme des diamants sous les fantomatiques rayons de lune qui commençaient à percer entre les nuages qui s'éloignaient.

Ce qui lui semblait incompréhensible, c'est qu'aucune douleur ne venait perturber son cerveau... Il ne pouvait pas bouger... Plus aucun de ses membres ne réagissait, son corps était pour lui comme un étranger... Bientôt, il sentit une partie de lui devenue immatérielle se détacher et s'élever au-dessus de la scène de l'accident. Sans s'émouvoir, il pouvait contempler sa dépouille gisant lamentablement sur le siège de sa voiture, maculé par un flot de sang coulant de son cou tranché par une plaque en acier sur laquelle il pouvait lire :

« *Attention, tirs de mines.* »

Il n'avait pas peur, son corps de mortel perdant son sang ne lui appartenait plus, c'était comme une défroque usée jusque la toile qu'il aurait jetée après un usage trop intensif…

Bientôt sa vie passa en vitesse accélérée alors qu'il se sentait aspiré par un tunnel de lumière au fond duquel des voix amies l'appelaient…

Après cette nuit de fureur et de dévastation, la côte était tristement silencieuse, le calme plat après la tempête, chacun étant occupé à faire le point des dégâts de la nuit.

Les pompiers, qui avaient été appelés des dizaines de fois pendant les heures passées, pansaient du mieux qu'ils pouvaient les plaies des riverains. Ils asséchaient les caves, et aidaient à bâcher les toitures aux ardoises envolées. Il y en avait des dizaines.

Des agents de l'E.D.F., arrivés rapidement sur les lieux, tentaient de raccorder au réseau les habitations privées d'électricité, ceux du téléphone leur emboîtaient le pas, et chacun rivalisait d'ingéniosité et de solidarité pour faire le plus vite possible.

Les véhicules couleur orange de la D.D.E., sur le pied de guerre immédiatement après la dernière bourrasque, déblayaient les routes encombrées d'arbres et de détritus de toutes sortes, pour faciliter le passage des véhicules de secours.

Les dommages de la nuit étaient tels, qu'il faudrait plusieurs jours avant de réhabiliter la côte de Penthièvre.

A part peut-être les durs d'oreilles, peu de gens avaient dormi cette nuit-là, que beaucoup avaient pensé être la dernière de leur existence tant la violence des éléments avait fait de dévastations.

Comme la plupart des villas de la région, à Sables-d'Or-les-Pins, celle de Victor Tarin avait à déplorer de nombreux dégâts : arbres décapités, murs écrasés sous le poids des pins déracinés, fenêtres brisées par divers projectiles, cave inondée, etc.

Bâtie à deux pas de la grève de Minieu sur la route du quai Barrier pendant les *Années Folles,* l'imposante construction avait été aux premières loges des attaques combinées du vent et des vagues.

- Elle a vraiment eu de la veine, disait Victor soulagé en caressant la tôle patinée par le temps, c'était à un cheveu près.

- La perte n'aurait été que pour ton garagiste qui s'enrichit avec les nombreuses pannes qui ponctuent sa vie de poubelle ambulante... par contre, mon massif de fleurs, lui, n'a pas résisté !

s'exclama une jolie jeune femme encore en robe de chambre.

Un des pins gigantesques, plantés par le grand-père du propriétaire actuel, entre les deux guerres du XXème siècle, avait lamentablement terminé sa vie cette nuit-là, en s'écrasant sur le sol à vingt centimètres de l'antique cabriolet de Victor Tarin, brisant une serre où Blanche, sa compagne, tentait de faire lever de jeunes pousses. Depuis peu, elle avait découvert une vocation tardive de jardinière.

- Quel gâchis, reprit Tarin en pestant contre la nature, j'en ai pour des milliers d'euros à réparer tout cela.

- « On » Victor, « on » ! corrigea Blanche.

- Quoi « on » ? s'exclama Tarin en tournant autour de son auto comme un gamin devant le nouveau train électrique de son copain.

- Nous sommes deux, il n'y a pas que toi, je te le rappelle, au cas où l'horrible macho qui sommeille en toi l'aurait oublié… Je suis là… aussi… et je participe comme toi à la vie commune de notre maison

- Bien sûr Blanche, répondit machinalement Tarin en esquivant une moue amusée, mais tout est dans mon nom, il va falloir assumer.

- C'est de ta faute mon bonhomme, siffla-t-elle, tu ne veux pas te marier avec moi.

- Oh ça va ! Ce n'est pas le moment de parler de

cela… Et puis, je suis assuré à *Groupemoitoulà…* et comme ils disent dans leur publicité : *assurez-vous chez Groupemoitoulà, on s'occupe des dégâts…* je ne me fais aucun souci…

- Ce n'est jamais le moment avec monsieur, rétorqua Blanche d'un geste de lassitude. Monsieur a toujours une bonne excuse pour éviter le sujet. Monsieur ne pense qu'à lui… Voilà bientôt…

- Papa ! Téléphone ! coupa une gamine depuis le seuil de la maison.

C'était Marie-Rose, leur fille, qui brandissait le portable de Victor. Les relais GSM, de création moderne, avaient mieux résisté à la puissance de l'ouragan que le réseau filaire du téléphone fixe, en partie détruit, dont la conception était plus ancienne.

- Qui est-ce ? interrogea Victor en montrant de l'agacement, mais ravi de la diversion qui le sauvait d'une explication passe-partout cent fois répétée.

- C'est François Chalet, papa…, il n'a pas l'air content.

- Chalet n'est jamais content, Marie-Rose, Chalet a été programmé avant la naissance pour être méchant et pour me faire tourner fou.

- Je l'aime bien parrain moi, dit un petit garçon

lové dans les bras de sa maman, il est gentil mon parrain.

Lui, c'était Thomas, le dernier-né du clan Tarin, qui dérangeait les papiers de son père, si tant est que l'on puisse appeler rangement le *bordel organisé* de Victor, et salissait derrière sa mère depuis bientôt trois ans.

- Ton papa aussi l'aime bien, rassura Blanche qui rajusta la position du petit garçon et l'embrassa tendrement, il dit cela car il est de mauvaise humeur.

- Et que veut-il, ce perturbateur ?

- Je ne sais pas papa, il veut te parler personnellement.

François Chalet était le rédacteur en chef de l'agence lamballaise de la *Chronique de l'Ouest,* le quotidien qui employait Victor Tarin. Chalet, maniaque et intransigeant dans le travail, appréciait Victor et sa ténacité. C'est lui qui l'avait fait entrer au journal alors qu'il vivotait en écrivant des romans policiers qui se vendaient difficilement. Simple correspondant au départ, journaliste après l'affaire des contrebandiers d'Erquy , Victor savait écrire des papiers bien documentés et il s'impliquait sans limites dans ses sujets. Menant des enquêtes approfondies, il était rapidement devenu un incontournable pour la *Chronique de l'Ouest* qui avait de grands projets d'avenir pour lui. Victor appréciait François, qui, au fil du temps, était devenu un membre de la famille, jusqu'à devenir le parrain de son jeune fils après la complexe affaire de la vache folle, où, quelques années avant, Victor avait mené sa propre enquête pour le compte de Gus, le demi-frère de Blanche, détective privé à Saint-Malo.

A peine Victor eut-il prononcé *« Allô ! »* dans le combiné, que son interlocuteur enchaîna :

- Qu'est-ce que tu fais Victor, bon-sang ? Tu es encore chez toi à lézarder, alors que tu devrais être déjà sur le pied de guerre avec ton appareil photo, il me faut un numéro spécial bien illustré sur cet ouragan pour le canard de demain matin… Tu es payé pour ça…

- Dédommagé plutôt que payé François, la *Chronique de l'Ouest* ne m'accorde qu'un salaire de misère…

- Ce n'est pas à moi qu'il faut t'adresser pour une augmentation… Au boulot mon vieux…

- J'allais justement partir François, mentit Victor, qui savait toute contestation vaine… mais ma voiture est bloquée dans la cour par un arbre tombé cette nuit.

- Tu as une moto non ? Ca passe partout ces engins-là !

- Tu as toujours réponse à tout, jamais tu...

- C'est le privilège des meneurs d'hommes, coupa Chalet d'une voix ferme.

- Des dictateurs... rectifia Victor.

- Comment va mon filleul ? se ravisa le rédacteur en chef en radoucissant sa voix, mon petit Thomas...

Puis, n'attendant pas la réponse de Victor, il enchaîna :

- Ne quitte pas, quelqu'un frappe à ma porte... Je vais voir qui c'est...

La ville de Lamballe, plus à l'abri dans les terres, avait moins de dégâts à dénombrer que les proches abords de la côte de Fréhel. Une des ailes du moulin de Saint-Lazare brisée, un vitrail de la collégiale explosé, quelques toitures envolées dans la zone industrielle, un carambolage sans gravité sur la RN12, une dizaine d'arbres arrachés dans les parcs municipaux et quelques rues inondées par le débordement du Gouessant étaient les seuls stigmates de cette nuit de fureur. La capitale du Penthièvre s'en sortait bien.

Les véritables dégâts commençaient à Hénanbihen, où l'on ne comptait plus les cochons en liberté évadés des bâtiments éventrés. Les enfants s'amusaient à voir les pompiers et les gendarmes courir après les animaux ravis de cette liberté provisoire. Ce qui était moins drôle, c'était le risque de pollution de la rivière du Frémur – une de plus - à cause de la destruction d'une gigantesque cuve à purin du côté de Pléboulle.

A Matignon et au bourg de Fréhel, les clochers n'étaient plus que des souvenirs de cartes postales, les cloches à peine *revenues de Rome* pour Pâques, étaient brisées sur les parvis des églises, les curés se demandaient comment ils allaient appeler les ouailles à l'office : les deux édifices, probablement sur le chemin d'une puissante tornade, avaient été décapités, heureusement sans faire de victime.

Les victimes justement, parlons-en.

A part quelques pauvres cochons écrasés sous des toitures, et quelques vaches malchanceuses dormant au grand air, mortellement assommées par la chute du seul arbre épargné par le dernier remembrement, on ne déplorait officiellement la perte d'aucun être humain.

L'ouragan du siècle de la côte de Penthièvre n'avait tué personne, certes (du-moins le croyait-on encore à ce moment là) néanmoins, indirectement, en plus des importants dégâts matériels dont il était responsable, il allait, bien malgré lui, révéler au public un défilé d'horreurs, que la beauté du site n'aurait jamais pu laisser deviner. Ce drame, dont on parle encore à mots couverts, allait laisser de telles séquelles dans la population locale, que la vie quotidienne de la station balnéaire de Sables-d'Or-les-Pins allait en être perturbée pendant longtemps.

Les trois coups du premier acte de cette tragédie venaient d'être frappés à la porte de François Chalet, rédacteur en chef de l'agence lamballaise de La *Chronique de l'Ouest*.

Rideau.

- Allô ! Victor ! Tu es toujours là ? lança Chalet nerveusement.

- Je t'écoute !

- Un de mes informateurs qui possède un bon scanner calé sur les fréquences des secours, vient de m'apprendre que la tempête a fait une victime.

- Qui ?

- A toi de savoir mon coco, t'as une langue pour poser des questions, sert t'en... Tout ce que je sais c'est que notre client a été décapité dans un accident de voiture près de ton bled...

- Décapité ! reprit Tarin en écho.

- Au village de La Carquois, sur la route du Cap-Fréhel.

- C'est à deux pas d'ici, j'y vais ! répondit un Tarin excité, qui avait déjà oublié les dégâts qui défiguraient sa propriété.

- Je veux un bon papier, avec un titre accrocheur et une ou deux photos bien parlantes pour *toutes éditions* demain.

- Tu l'auras... J'ai de la matière avec la nuit d'enfer que l'on vient de passer par ici.

Victor Tarin ne savait pas encore qu'il allait vivre une journée et une nuit encore plus éprouvantes que celle de l'ouragan.

Enfourchant sa moto de cross, qui ne démarra qu'après plusieurs dizaines de violents coups de pied, il dut lutter verbalement, mais pacifiquement, quelques minutes avec sa fille qui voulait monter derrière lui, avant de prendre la direction indiquée par son rédacteur en chef.

Grâce à son engin tout-terrain, Victor Tarin arriva rapidement sur les lieux de l'accident où seuls les pompiers de Matignon, grâce à leur bon équipement, étaient à pied d'œuvre. La moto, le tracteur ou les 4x4, étaient vraiment les seuls véhicules pouvant se déplacer efficacement sur les routes de la côte jonchées de débris de toutes sortes : le vent avait laissé de dangereux obstacles le long de son parcours destructeur.

- Tarin ! Mon ami, vous tombez bien. J'ai

besoin de vous ! s'exclama Jules Cresson le capitaine des pompiers de Matignon, en sautant lestement de son véhicule tout-terrain garé près de la camionnette de livraison encastrée dans un pin d'âge honorable allongé dans une position peu flatteuse pour ses congénères.

- Comment ? demanda Victor en ne réduisant que légèrement les gaz de son engin afin de pas caler.

- Coupez le moteur de votre pétrolette ! hurla le pompier avec ses mains en porte-voix, vous entendrez mieux… et moi aussi…

Le journaliste s'exécuta de bonne grâce et entreprit de défaire la lanière de son casque bol, pas vraiment réglementaire, mais historique. Comme le blouson de cuir aviateur qu'il mettait toujours quand il faisait de la moto, le casque et les lunettes avaient été achetés par son père dans les *Années Twist*. Cet accoutrement d'un autre âge, faisait ressembler Victor à un pilote de bi-plan de la *Première Guerre Mondiale.*

- Gardez votre casserole sur la tête Victor, bien que je conteste son utilité réelle en cas d'accident, il faudrait que vous alliez chercher les gendarmes de Matignon qui sont bloqués avec leur voiture à Port-à-la-Duc !

- J'ai peur de ne pas bien saisir votre demande,

reprit Victor avec une esquisse de sourire à la commissure des lèvres.

- Cela peut vous paraître étrange, voire amusant: ils ne peuvent passer ni avec leur voiture ni avec leur fourgon, à cause des arbres tombés sur la chaussée dans la côte de Saint-Aide…

- Vous êtes bien passés !

- Avec notre nouveau camion à huit roues motrices, lança fièrement le capitaine tout en frappant la carrosserie du plat de la main, on passe partout ! Même sur les troncs d'arbres ou les rochers… C'est bien pratique pour aller sur des sinistres dans des lieux inaccessibles...

- C'est un vrai char d'assaut, rétorqua Tarin admiratif devant l'engin.

- Vous ne pouvez pas si bien dire, c'est l'armée américaine qui l'a testé, il y a quelques années, dans sa guerre contre le terrorisme en Afghanistan.

- Par où faut-il que j'aille pour aller au plus vite chercher nos amis mal équipés ? demanda Victor en redémarrant son monocylindre.

- Par Plévenon ! La route est entièrement libre de ce côté là, vous ne rencontrerez de difficultés réelles que dans le bourg, car le clocher s'est écrasé sur la chaussée… et encore, avec votre truc, vous passerez sans problème…

- Elle est increvable cette brave bête !

- Soyez tout de même prudent, car il y a des

arbres qui ne tiennent plus au sol que par miracle, la pluie et le vent les ont fragilisés…

Comme pour appuyer les dires prémonitoires du pompier, un craquement sinistre fit les hommes se retourner : un gigantesque pin dont toute la masse des racines et de la souche venait de s'arracher du sol, s'écrasa lourdement sur trois de ses voisins, les brisant net.

- Impressionnant ! fit Victor en enclenchant la première vitesse dans un claquement de chaîne.

- Un homme ne résiste pas à un tel choc ! prévint le capitaine, roulez prudemment et restez constamment en alerte, un arbre peu vous tomber dessus sans prévenir…

- C'est ce qui s'est passé là ? demanda le journaliste en désignant la voiture accidentée dont le capot avant visitait la toiture.

- Un inconscient qui a voulu braver les éléments et qui a trouvé plus fort que lui... Il y a toujours des imbéciles qui se croient plus forts que les autres, et qui pensent que les accidents n'arrivent qu'aux étrangers… Ce n'est pourtant pas le manque de bulletins d'alertes de *Météo France* qui a manqué depuis hier matin…

- Il est…

- Mort ? Oui… sur le coup… la carotide a été sectionnée par une plaque en fer qui a dû s'envoler après avoir été arrachée par le vent.

- Vous connaissez son identité ?

- Non, il n'a pas de papiers sur lui, pourtant avec la plaque minéralogique, ce sera un jeu d'enfant pour la gendarmerie.

- Gardez-moi l'exclusivité capitaine... lança Victor en appuyant sur le sélecteur de vitesse, je reviens vite avec un gendarme en croupe.

Tout au bout de la lande d'ajoncs et de bruyères où se terrent les dernières ombres de nos légendes, surplombant majestueusement à plus de soixante-dix mètres des falaises de grès roses truffées de grottes mystérieuses où nichent toujours quelques fées capricieuses, l'imposante tour en granit du phare du Cap-Fréhel toise dédaigneusement la vieille tour Vauban à plus de trente-deux mètres.

L'imperturbable amer qui, contre vents et marées, avec deux éclats toutes les dix secondes, invite depuis des décennies les navires imprudents à s'éloigner des dangers de la côte meurtrière de Fréhel, allait être au centre d'une sordide histoire d'assassinat et changer à jamais la vision du public.

Plus jamais un seul visiteur ne pénétrerait dans les bâtiments ni ne grimperait au sommet de la tour au chapeau vert sans avoir une pensée émue sur les horribles faits dont nous allons parler maintenant.

Avant cette sordide histoire, les touristes qui visitaient le Cap-Fréhel s'intéressaient à l'impressionnante puissance de réflexion des *lentilles de Fresnel,* au panorama grandiose embrassé depuis le belvédère – où parfois la vision se perd jusqu'à l'île de Jersey - aux réserves ornithologiques de la Fauconnière ou de l'Amas du Cap, aux beautés des vingt-quatre hectares de landes sauvages...

Depuis les morts mystérieuses dont ces lieux magiques furent le théâtre il y a quelques années, l'unique question qui passionne les foules aujourd'hui est : « *c'était où ?* » Et chacun, dans une curiosité malsaine, veut voir les lieux et toucher les objets afin de s'imprégner de l'ambiance morbide et frissonner un peu.

Comme d'habitude, quand le gardien attitré du phare du Cap-Fréhel sortit de chez lui pour faire sa tournée d'inspection, il pesta et jura.

Ce matin-là il en eut particulièrement après la présentatrice météo de la télévision qui, d'après son échelle de valeur machiste, n'avait pas fait son travail et était *« une conne juste bonne à être culbutée ! »* Il ne comprenait pas comment on pouvait confier une tâche aussi importante à une femme qui, il en était convaincu, était dotée d'un cerveau plus petit que celui d'un homme, *« que le sien surtout ! »*

Avant de tourner la poignée conduisant à la salle d'accueil de la tour, Mario Fernandez - *le bougon* - fils unique d'un émigré espagnol qui avait fui les idées extrémistes de Franco, n'était qu'un anonyme de plus parmi les habitants de la commune de Fréhel. Pourtant, le simple fait d'ouvrir la porte ce matin de Pâques, allait, bien malgré lui, le propulser sur l'avant de la scène médiatique, l'entraîner dans une spirale infernale et le détruire.

Tout d'abord, Mario ne vit rien, tout semblait calme et habituel dans cette salle meublée de boiseries toujours bien cirées. Seule une odeur sucrée et enivrante lui effleura les narines. Il éternua bruyamment plusieurs fois, d'habitude il réussissait à éternuer douze fois sans prendre le temps de se reposer les sinus, cette fois-ci il ne réussit pas à les compter, le nombre de ses sternutations fut brouillé par l'écho de la salle vide.

- Bon sang, encore une gonzesse qui est tombée dans le parfum... c'est mon allergie qui me reprend... pesta-t-il en sortant son immense mouchoir couleur vichy qui aurait pu servir de cache-nez à certains propriétaires d'un appendice nasal plus modeste.

Mario Fernandez, n'y pouvait rien, il était allergique au parfum de femme depuis toujours : « *mais pas aux femelles !* » comme il le disait si vulgairement en éclatant de rire.

Etait-il marié le Mario ?

Bien sûr qu'il l'était, pour la forme seulement,

« pour la descendance » qu'il disait *« y'a trop de salopes sur terre pour n'en baiser qu'une ! »* Et puis sa mère - « *mama* » comme l'appelait Mario avec respect en appuyant bien sur la première syllabe - une Espagnole bigote jusqu'au bout des doigts où vibrait en permanence un chapelet aux grains usés par leur frottement, toujours habillée en noir et ne passant jamais à table avant d'avoir récité le bénédicité, n'aurait pas accepté de voir son fils unique vivre avec une *señorita* sans être marié..

Alors pour faire plaisir à *mama*, Mario était passé devant monsieur le maire puis devant monsieur le curé.

Mario le violent avait épousé Maria la douce.

Depuis ils étaient mariés *pour le meilleur et pour le pire ;* plus exactement *le meilleur* pour lui et *le pire* pour elle.

Maria était de naissance espagnole bien sûr – *mama* n'aurait pas voulu autre chose. Fille d'un autre émigré venu du même village que le père de Mario, elle avait perdu ses parents encore enfant, dans un accident de voiture et avait été élevée dans la douleur et l'ingratitude par la *mama* de Mario.

Depuis sa triste union avec Mario, Maria vivait un enfer. Cloîtrée en quasi-permanence dans l'appartement de fonction mis à la disposition du couple par l'administration des Phares et Balises, elle passait sa misérable vie à faire le ménage, à préparer à manger pour son mari et ses enfants – ils en avaient deux, deux garçons – à coudre et raccommoder, car les dépenses inutiles étaient contrôlées ou plutôt inspectées au centime près par Mario, qui se transformait en grand inquisiteur quand les relevés de comptes bancaires et les notes détaillées de téléphone arrivaient à la maison. Maria, pauvre créature minée par des violences conjugales quotidiennes, anormalement vieillie par le chagrin, humiliée en public par un mari rustre et primaire, n'acceptait sa condition de quasi-esclavage que pour l'amour de Pedro, son aîné – car, Juanito, le cadet ressemblait trop à son père – garçon efféminé, inverti et fragile, le seul rudoyé par son père qui le qualifiait de *« sale petit pédé, la honte de ma vie... »*

Si Mario avait donné deux enfants à Maria, ce n'était pas par amour, ou alors le premier... peut-être... mais le résultat n'avait pas été à la hauteur de ses espérances, *« ton fils ressemble à une gonzesse »* lui avait il jeté à la face le jour des dix ans de Pedro en plein repas familial, *« tu n'es qu'une incapable ma pauvre Maria, c'est de ta faute, tu m'as fait une fille avec une quéquette... tu ne sauras jamais rien faire correctement, même pas les gosses, tu n'as rien de bon dans le bide... »* et il lui avait assené un coup de pied dans le ventre *« ça va peut-être te remettre la matrice en place... on verra ça ce soir...* » Toute la famille, sauf Pedro qui pleurait, s'esclaffa de la plaisanterie douteuse du bourreau. Acceptant le coup sans broncher, Maria avait laissé tomber la soupière sur les genoux de sa belle-mère qui réagit promptement en lui détournant une claque retentissante, accompagnée d'une insulte « *sale petite pute, maladroite... tu m'as brûlée... tu veux me tuer c'est ça... tu n'y arriveras pas, je te tuerai avant...* » et elle reprit un nouveau coup de la part de son mari qui lui reprocha d'avoir brûlé sa « *mama.* »

Des violences comme celle-là étaient monnaie courante au sein de ce couple ou plutôt de ce trio maudit, qui passait son temps à s'épier et à se faire du mal. Une fois Maria avait bien pensé quitter Mario, toutefois cela ne se faisait pas dans sa vision de la religion. Et puis, comment serait-elle partie, elle n'avait pas eu le droit de passer son permis ?

Quand bien même serait-elle partie, où serait-elle allée ? Elle n'avait pas d'ami. La jalousie maladive de Mario avait interdit à sa femme tout contact prolongé avec d'autres êtres humains que lui, ses enfants et sa mère... Elle était seulement autorisée à se rendre à la messe le dimanche matin, pendant qu'il l'attendait au bistro, et à faire les courses... en sa présence.

Mario, par contre, il en avait des amis… et des amies aussi… « *Moi ce n'est pas la même chose, clamait-il devant ses copains qui riaient bêtement, je suis un homme ! Et puis, franchement les gars, Maria, que ferait-elle sans moi ?* »

Mario Fernandez, la brute, n'avait plus aucun doute, c'était bien du parfum qui empestait la salle, une bouteille avait été brisée sur le sol à côté de l'imposante table en bois de la salle d'honneur, libérant son contenu dont les effluves sucrés emplissaient la pièce. Le gardien pensa à une bouteille abandonnée involontairement par une des jeunes filles qui avaient visité le phare la veille quand une classe de troisième du collège *Thalassa* d'Erquy avait grimpé les marches pour écouter ses explications en forme de litanies sur l'histoire des phares.

En se bouchant le nez, le gardien ramassa les morceaux de verres, en faisant attention de ne pas se couper et ouvrit les portes et les fenêtres en grand pour évacuer l'odeur qui le gênait.

Mario, qui aurait pu utiliser l'ascenseur pour

accéder à la lanterne, sa qualité de gardien l'y autorisait, préférait monter deux fois par jour les cent-quarante-cinq marches de la tour. Il n'avait encore jamais utilisé cet engin, car sa vétusté lui faisait peur, en vérité, il avait la hantise que la chaîne rouillée casse...

Etre gros bras n'empêche pas d'aimer la vie.

On pouvait penser ce qu'on voulait de lui, de sa violence, de sa jalousie, de sa méchanceté, de son insociabilité, on ne pouvait pas lui enlever sa puissance physique. Il avait la cinquantaine bien tassée et était encore doté d'une plastique enviée par un grand nombre d'abonnés de la salle de musculation et d'haltérophilie de Plurien.

Du haut de ses cent-quatre-vingt-dix centimètres coiffés d'une épaisse tignasse noire qui le faisait ressembler à un Mexicain, il portait sans courber le dos ses cent-vingt six kilos de muscles. Bien sûr, le cerveau qui pilotait toute cette viande, n'était pas à la hauteur de la situation, son ordinateur crânien n'était contrôlé que par son sexe qu'il employait comme un *joystick*. Les programmes originaux qui lui avaient été donnés à la naissance comportaient quelques *bugs* et un reformatage complet du *disque dur neurologique* aurait été le bienvenu…

Après avoir grimpé au petit trot les cent-vingt trois marches en ciment conduisant jusqu'à la plate-forme du terminus de l'ascenseur, il fit une petite pose avant d'attaquer le reste de la montée.

C'est au milieu des vingt-deux marches suivantes, conduisant au mécanisme de l'ascenseur, que le regard de Mario porté naturellement sur la gauche, fut accroché par un objet inhabituel gisant au milieu de l'échelle d'acier menant au système optique reposant sur un bain de mercure.

Quelques pas encore et l'objet devint une masse de vêtements accrochés dans le vide.

- Nom de Dieu ! On dirait des pieds !

Excité, il s'approcha.

- Ces vêtements… je les connais…

Le cœur de Mario se serra et il entreprit de rejoindre l'objet en sautant les marches quatre à quatre.

C'est long quelques mètres quand un affreux doute vous envahit l'esprit. Plus vous approchez de la vérité soupçonnée au premier abord, et moins vous y croyez ou plutôt, moins vous voudriez y croire. Deux forces vous tiraillent l'esprit, celle qui vous dit de foncer pour voir et celle qui vous demande de fuir la vérité. C'est exactement ce qui se passait dans la tête de Mario à l'instant précis où il mit un nom sur celle qui portait la robe qu'il connaissait si bien.

Il aurait voulu fuir la vérité brutale qui pendait là, accrochée à la rambarde en laiton protégeant le système optique de la tour du Cap-Fréhel. Mario grimpa mécaniquement les quinze degrés en acier de l'échelle abrupte.

- Ce n'est pas possible ! fit-il en caressant une joue froide. Tu n'as pas pu me faire ça... Pas toi...

L'espace de quelques secondes, il se convainquit qu'il dormait et qu'il rêvait... qu'il cauchemardait plutôt... et qu'il allait se réveiller en sueur dans le monde réel. Que la cassette de ce mauvais film allait stopper et se rembobiner.

Une larme perlant au coin de l'œil, il cria :

- Non ! Ce n'est pas possible ! Ce n'est pas possible ! Réveille-toi, Mario...

« Réveille-toi, merde !... »

Et il donna un violent coup de tête dans le mur d'acier. Il eut mal et un filet de sang lui macula le front. Maintenant il était convaincu, il ne dormait pas ! Une corde de plastique ou plus précisément un bout de marin noué à la grille de protection du moteur d'ascenseur, avait été passé par-dessus la rambarde de laiton bien astiquée de l'étage supérieur, et un corps de femme pendait inerte dans le vide...

Quand Victor Tarin arriva dans la célèbre épingle à cheveux de la côte de Saint-Aide et qu'il vit le fourgon bleu et ses occupants résignés à attendre une aide extérieure, assis sur un gigantesque tronc d'arbre qui, dans sa chute, avait brisé en deux la stèle commémorant la mort de Résistants tués pendant les combats de la Libération en août 1944, il ne put retenir un éclat de rire :

- Alors, adjudant-chef Margatière, on a besoin de la presse… lança Victor d'un air victorieux, même avec un pneu lisse...

- Je réquisitionne votre engin, Tarin, mais cela n'empêche pas que notre petite histoire d'hier reste toujours valable… *Tolérance zéro,* ne l'oubliez pas, les passes-droits c'est fini, il va falloir payer…

Le gendarme faisait allusion à la forte amende

dont Victor avait écopé la veille pour avoir roulé avec le pneu arrière usé.

- Vous avez été dur avec moi, adjudant-chef, il est quasiment neuf !

- Ne vous plaignez pas, si j'avais poussé mon investigation plus loin sur votre pétrolette, je suis persuadé que je l'aurais immobilisée et envoyée directement à la casse…

- Comment auriez-vous fait aujourd'hui mon adjudant pour vous déplacer ? Vous seriez monté sur le dos du capitaine des pompiers avec une crécelle à la place de votre sirène ?

- Je vois que vous n'avez pas changé, Victor Tarin. Je ferme les yeux pour aujourd'hui sur le pneu… sur le pot d'échappement… et bien d'autres choses… si vous arrêtez vos plaisanteries grasses, elles ne font rire que vous…

- Mes lecteurs les comprennent… eux…

Le gendarme ne releva pas le sous-entendu, il ne l'atteignait pas.

- Votre casque en plus, enchaîna Margatière en le tapotant du bout de l'index, il n'est pas réglementaire…

Puis le militaire enjamba la moto et posa son auguste postérieur sur la selle inconfortable.

- Si rien ne vous plaît mon adjudant, vous pouvez toujours aller à pied… si vos godasses sont encore *réglementaires*... continua Victor malicieusement.

Une odeur de caoutchouc brûlé commençait à empester un environnement déjà bien éprouvé.

- Qu'est-ce que c'est que cette puanteur ? s'inquiéta le gendarme.

- C'est votre pneu droit, s'amusa Victor.

- Que voulez-vous dire Tarin ?

- Vous avez posé votre pied sur le pot d'échappement !

- Nom de Dieu, vous ne pouviez pas le dire plus tôt ? pesta Margatière en décollant sa chaussure dont une bonne partie de la semelle avait fondu. Elle est foutue maintenant, c'est de votre faute... Vous auriez pu me prévenir.

- Vous y allez un peu fort ! Je ne pouvais pas deviner que vous n'étiez jamais monté sur une moto.

- C'est bon Tarin, circulez, et conduisez prudemment ! enchaîna Margatière qui jeta un œil dédaigneux sur ses collègues qui avaient du mal à retenir leurs rires.

- Et vous, mon adjudant, où est votre casque ? enfonça le journaliste. Je ne savais pas que le képi était homologué...

- Vous commencez à abuser de la situation ! conclut Margatière d'un coup de plat de main sur le haut de la tête du journaliste.

Mario tremblait de tous ses membres, il était en état de choc. La descente de l'escalier qu'il faisait habituellement en sifflant était devenue pour le gardien la plus pénible des tâches. Ses jambes d'habitude si musclées étaient en coton et elles avaient bien du mal à supporter son corps qui lui faisait mal…

Il avait envie de vomir, d'ailleurs il vomit à plusieurs reprises…

Il se surprit même à pleurer, lui *le fort en gueule,* lui *le donneur de leçon.*

Mario n'avait pas pleuré depuis la mort de son père, écrasé sous ses yeux par la chute d'un bloc de granit de plusieurs tonnes, décroché accidentellement d'une grue qui remontait les pierres du fond d'une des célèbres carrières de Languédias où il travaillait. Du haut de ses douze ans, Mario, *l'arpette,* comme l'appelaient alors familièrement les *picotoux,* avait poussé de toutes ses forces sur le bloc pour essayer de dégager son père, dont seule la main dépassait, une main qui le désignait, une main qui l'appelait au secours, lui son fils... Bien sûr il n'avait pas réussit, pourtant les autres carriers qui avaient assisté à la scène, affirmèrent qu'ils avaient vu le bloc bouger sous les assauts répétés du pauvre garçon qui appelait son père à plein poumons.

Comme un automate, Mario se rendit dans le local technique où les ordinateurs digéraient les hauteurs de houle, les vitesses du vent et autres données techniques captées par les différentes sondes et antennes du phare avant de les transmettre aux services de la météorologie. Il décrocha le téléphone administratif pour appeler les secours. Ses gestes étant encore désordonnés, il lâcha le combiné qui frappa durement le carrelage. Quand il le porta à son oreille il s'aperçut qu'il n'y avait plus de tonalité.

- Merde ! pesta-t-il, la ligne a dû être rompue quelque part par la chute d'un arbre ou celle d'un poteau... Si tous les fils étaient enterrés ça éviterait ces désagréments... En attendant, je suis coincé ici... Comment vais-je prévenir les secours ?

Il reposa rageusement le combiné sur sa fourche et remonta en haut de la tour avec des jambes qui avaient repris un peu d'assurance.

Il ferma les yeux, leva la tête et compta mentalement :

« - A trois, se dit-il, je vais les rouvrir, et il n'y aura plus rien… Un… deux… trois… »

Le corps était toujours là, à la même place.

« - Que faire ? »

Pendant quelques secondes, il pensa à décrocher lui-même le cadavre et à le jeter à la mer depuis la pointe du Jas ou plus simplement depuis le chemin de ronde du phare, afin de masquer la mort en chute accidentelle – il y en a tellement ici que les autorités n'y verraient que du feu - car il savait bien qu'elle ne s'était pas suicidée…

- Pas elle… Nom de Dieu ! Elle en était incapable… Elle a été assassinée…

Il avait d'ailleurs une petite idée sur la personne qui avait commis cet acte odieux…

Il le lui ferait payer… cher… très cher…

Puis soudain il se ressaisit, autant laisser la *flicaille* penser à un suicide, ils sont assez naïfs pour y croire, et lui, il s'occuperait personnellement du coupable… C'était son affaire, pas celle des poulets…

Pour l'instant, il lui fallait appeler les secours.

Seulement voilà, comment faire ?

Il pensa à plusieurs folies comme allumer un feu sur le haut de la vieille tour Vauban comme les gardiens des XVIIIème et XIXème siècle ou actionner la corne de brume, ce qui ne manquerait pas d'attirer l'attention.

« - Suis-je bête ! s'exclama soudain Mario Fernandez, comment n'y ais-je pas pensé plus tôt... La VHF bien sûr ! Elle marche avec le groupe électrogène et n'a pas besoin de fils, je vais appeler le sémaphore de Saint-Cast, son gardien va faire le relais. »

La multiplication des cellulaires et l'arrivée d'une ceinture de satellites à orbites basses qui démocratisait le téléphone universel, avait considérablement réduit l'utilisation des VHF à bord des navires. Ces appareils d'un autre âge ne servaient plus qu'au CROSS et occasionnellement aux pêcheurs pour des conversations banales entre chalutiers et pour la diffusion des bulletins météorologiques dispensés par les sémaphores.

Mario redescendit au local technique et, s'approchant de l'armoire renfermant les émetteurs récepteurs, il ouvrit le tiroir où étaient stockés les combinés. Il se connecta sur le mono-voie et communiqua son S.O.S ? directement sur le *« 16. »*

Quand Victor Tarin et son inhabituel passager au képi arrivèrent à La Carquois sur les lieux de l'accident, les pompiers étaient en train de sortir la victime de la camionnette. C'était un homme d'une cinquantaine d'années, de corpulence moyenne, faisant plus envie que pitié - comme disent les anciens – habillé avec des vêtements de sports de qualité. Quelques cheveux orphelins tirant entre le gris et le blanc, éparpillés sur les côtés de sa tête, faisaient la nique à une moumoute châtain clair gisant lamentablement sur son épaule. Elle avait glissé du crâne au moment du choc.

- Il a triste *mine* ! fit Victor en désignant la pancarte fichée dans le cou du cadavre, où était inscrit laconiquement *« danger, tir de mines. »*

Margatière et le chef pompier apprécièrent froidement la sortie décalée du journaliste qui examinait de plus près le cadavre.

- Vous le connaissez ? interrogea le gendarme.

- Je n'en suis pas certain, pourtant il me semble que oui.

- Vous êtes Normand ou quoi Tarin, *p'têt ben qu'oui, p'têt ben qu'non !* Il faudrait savoir.

- Si on remettait le *couvre-misère* sur le caillou de notre vieux beau, je serai plus affirmatif.

- Son quoi ? aboya le gendarme.

- Sa perruque si vous préférez mon adjudant.

- J'aime mieux cela Tarin. Apprenez donc à respecter les gens avec leurs... comment dirais-je... leurs problèmes... euh ! d'apparence... Ce n'est pas la faute de ce pauvre homme s'il a perdu ses cheveux... C'est la nature, l'indomptable nature Tarin... On verra quand vous aurez mon âge espèce d'ingrat...

- N'en faites pas une affaire personnelle, mon adjudant. C'est juste une affaire de sémantique.

- Je ne supporte pas les imbéciles qui se moquent des hommes qui portent des postiches... Voilà tout...

- J'ai peur de comprendre ce qui vous a fait prendre la mouche...

- Ca suffit Tarin, ma vie privée ne vous regarde pas...

- A parce que vous aussi... vous portez une...

- Perruque... Oui, et je vous dit : zut !

- Pardonnez-moi ! fit Victor en pouffant, je ne pouvais pas deviner, je vous ai toujours connu avec votre képi mon adjudant... En tout cas, cela vous va très bien... Votre postiche ne vous entache pas...

- L'affaire est close maintenant, je compte sur votre discrétion...

- Vous me connaissez, je n'aurais pas le... pardonnez-moi le mot, *toupet*, de le publier dans mon journal...

Pendant toute cette conversation stérile et inutile à son goût - digne du blabla idiot d'un salon de coiffure - le pompier avait remis le fameux postiche sur le chef de son propriétaire d'origine.

- Et comme ça, fit le pompier en direction du journaliste, vous le reconnaissez ?

- Mince... c'est *Georges le raté...*

- Un ami à vous ? reprit le gendarme.

- Pas spécialement, ce gars-là a plus d'ennemis que d'amis. Sa mort va en ravir plus d'un aux Sables-d'Or... Croyez-moi !

- Soyez plus précis Tarin, c'est qui ?

- Georges Souhatier, le propriétaire du restaurant *Le Roche-plate.*

- Le fameux resto à fruits de mer des Sables-d'Or! Nom de Dieu ! Voilà encore les emmerdes qui recommencent.

Le Roche-plate, un de ces restaurants côtiers servant uniquement des fruits de mer à leurs clients, avait été installé dans la douleur la saison précédente à grands renforts de moyens par un opportuniste fortuné, dans les bâtiments d'une ancienne villa de Sables-d'Or-les-Pins reconvertie et possédant une vue imprenable sur la Manche.

Dès son arrivée dans la station, le restaurateur improvisé avait trouvé un moyen infaillible de s'attirer les foudres et les animosités de ses confrères. Dès les premiers jours d'ouverture, il avait voulu les écraser avec une politique de prix contraire aux saisonniers qui ont besoin d'assurer le chiffre nécessaire au fonctionnement de leur établissement en quelques mois.

Le margoulin avait divisé les prix par deux.

Georges Souhatier, qui avait navigué de fortunes louches en infortunes retentissantes, était un garçon suffisant, redondant et donneur de leçons. Il était divorcé d'une ancienne chanteuse de cabaret dont l'entrecuisse devait être connu d'une bonne partie des habitants mâles des villes où le couple avait habité - ce dont Georges se moquait éperdument d'ailleurs.

Grand flambeur devant *saint Jackpot*, Georges passait tous les hivers à Las Vegas où il gaspillait ses nuits aux tables de jeu puis dans les bordels où il commençait à être connu et reconnu. Brûlant la chandelle par les deux bouts, il dormait la plupart du temps en journée, vautré sur un transat aux bords des piscines surchauffées par le soleil implacable du désert du Nevada. Gagnant parfois, perdant la plupart du temps, il reprenait bien souvent l'avion à l'aéroport Mac Caran les poches vides.

Puis, l'année précédente de cette affaire, Georges Souhatier, le raté comme l'appelaient ceux qui le connaissaient depuis sa jeunesse, revint d'Amérique au début de janvier avec une fortune immense. Dans les semaines qui suivirent son retour remarqué, il dépensa sans compter. Il organisa fête sur fête avec des anciens amis qui revenaient bien vite vers la poule aux œufs d'or ; il acheta le dernier modèle d'une voiture allemande ; combla les abîmes dans lesquels ses comptes bancaires s'enfonçaient, remboursa toutes ses dettes, et fit des projets d'avenir.

Maintenant que Georges Souhatier était riche, immensément riche, il avait une revanche à prendre sur sa jeunesse qui n'avait pas été dorée. Pire, Georges Souhatier voulait venger son père qu'il avait tant vénéré.

Fils d'un modeste mytiliculteur de Port-à-la-Duc, pendant les vacances scolaires de l'après-guerre, le petit Georges accompagnait son père avec le char à banc – car la famille Souhatier, bien qu'elle travaillât plus de douze heures tous les jours de la semaine, n'avait pas les moyens de se payer une voiture - quand il livrait les moules fraîchement ramassées sur les bouchots familiaux. Entre deux livraisons dans les restaurants de luxe à Sables-d'Or-les-Pins, où l'on se moquait souvent de son habillement rustique et de sa propreté d'un autre âge, son père, honnête militant de gauche très actif, lui parlait des inégalités sociales, des profiteurs qui exploitaient son travail et du jour prochain où la révolution ouvrière redistribuerait les cartes et rendrait leur dignité aux exploités.

Il lui racontait aussi, avec promesse de ne pas en parler, les vilaines choses que certains avaient fait pour garder leur fortune pendant l'occupation allemande. L'histoire de cette hôtelière qui, à la libération, avait récupéré, en son nom, la quasi-totalité des meubles des hôtels de la station réquisitionnés par les Nazis, avait beaucoup marqué le garçon.

Le petit Georges, qui n'entendait parler tous les jours que de la *révolution prolétarienne,* de l'obole dérisoire accordée par kilo de moules à son père, et du prix scandaleux que les restaurateurs faisaient ensuite payer *« ses moules »* à leurs clients, commença à se forger une idée monolithique de ces commerçants qui osaient faire du bénéfice sur le travail de son père.

Bien sûr, la suite de sa vie fut différente de celle de son père. L'ayant vu se tuer au travail pour ne rien gagner – ses parents n'étaient même pas propriétaire de leur maison - il n'eut qu'une envie, faire fortune rapidement et leur payer une belle et grande demeure au bord de la mer. La mort prématurée de son père des suites d'une maladie grave puis celle de sa mère par le chagrin à quelques mois d'intervalle, fit prendre à Georges conscience de la fragilité de la vie et de l'urgence qu'il y avait de vivre.

Ses parents lui ayant laissé un héritage tenant sur le porte-bagages de son vélo, plus quelques dettes sur les ardoises des commerçants du coin, que le parti reconnaissant s'efforça de combler, Georges eut faim de réussite... et d'argent... Il devint même boulimique... Il voulait devenir riche, très riche, pour redistribuer aux pauvres...

du moins, c'était sa noble idée de départ... peut-être pour se donner bonne conscience...

Toutefois l'évolution des grandes idées humanitaires est capricieuse et elle suit souvent les lois du commerce ; le profit et la vie mondaine l'emportent sur le but caritatif que l'on s'était fixé au départ.

Après quelques bonnes affaires immobilières, pas toujours très honnêtes, qui lui laissèrent de confortables bénéfices, les grandes idées socialistes que son père lui avait inculquées dans sa jeunesse commencèrent aussi à s'estomper. Il bascula même quelque temps dans les extrêmes.

Georges savait flairer les bonnes affaires, et il en fit, mais ce qu'il ne savait pas faire, *c'est garder une poire à sa soif,* ce qui lui causa bien des déboires et de nombreux revers de fortune.

Quand *Georges le raté* revint d'Amérique avec sa nouvelle fortune, qu'il affirmait avoir gagnée sur un *coup de poker,* fidèle à son passé, il chercha à placer, ou plutôt à dilapider ses euros. L'argent lui avait toujours brûlé les mains et troué les poches.

Lors d'un repas bien arrosé avec des amis au casino – et des amis il en avait beaucoup depuis qu'il était riche – il apprit que les héritiers fauchés du doyen de la station, mort depuis peu, mettaient en vente une des plus belles villas de la côte avec vue imprenable sur la mer.

Bien que pollué par l'alcool, son sang ne fit qu'un tour, il tenait là sa vengeance sur les profiteurs responsables de la mort de son père. Il allait leur faire payer leur arrogance et leur fierté…

Georges n'eut aucun mal à convaincre les vendeurs de le préférer à un autre acheteur moins généreux, le nombre de zéros alignés sur le chèque après l'unité fut bien entendu déterminant.

Le compromis fut signé dès le lendemain, et de gigantesques travaux d'aménagement commencèrent fin février. Le 1er juillet *Le Roche-Plate*, restaurant où l'on servait exclusivement des fruits de mer, fut inauguré en présence de toutes les autorités locales, cantonales et même régionales, qu'il avait su mettre rapidement dans sa poche à l'aide de belles promesses… de petits services et de chèques substantiels… pour leurs bonnes œuvres !

Dans leurs discours fleuves, les notables ne tarissaient pas d'éloges sur cet ambitieux entrepreneur qui allait consacrer sa fortune au bien commun et fournir du travail aux jeunes de la région. Ce soir-là, on avait oublié *Georges le raté*, on avait souhaité bonne chance à Monsieur Souhatier.

Bien sûr cette ouverture ne fut pas sans faire grincer quelques dents jalouses. Il est toujours amusant de constater à quel point certains commerçants, qui proclament souvent à cor et à cri l'installation de nouvelles boutiques pour attirer encore plus le chaland et par extension remplir *leur tiroir caisse,* redoutent l'ouverture d'un concurrent qui ose piétiner sur leur *chasse gardée.* C'est pourquoi les autres restaurateurs de la station, en particulier Simon Etron le patron de la *Crêperie des Blés d'Or* et président à vie de l'*Union des Commerçants* (faute d'adversaire suffisamment courageux), virent d'un très mauvais œil ce nouveau collègue ou plutôt concurrent, venir chercher sa part de gâteau.

Deux semaines après son ouverture, Georges donna la nouvelle orientation concurrentielle de sa cantine, il divisa ses prix par deux et engagea une monstrueuse campagne publicitaire. Le résultat ne se fit pas attendre. Son établissement ne désemplissait pas, pendant que les autres faisaient grise-mine.

Simon Etron provoqua une réunion extraordinaire de *L'Union des Commerçants*, où Georges ne fut pas convié, afin de trouver une riposte à *ce petit con qui osait braver son autorité.* Une plainte fut portée pour concurrence déloyale, mais elle resta sans suite... Chacun étant libre de pratiquer les prix qui lui conviennent, et puis... Georges avait des amis bien placés... Ce qui ne nuit jamais... surtout en période de crise...

Cette première parade faisant long-feu, Simon Etron l'accusa de vendre à perte, *« ce qui est rigoureusement interdit et répréhensible par la justice... »* martela-t-il magistralement au cours d'une nouvelle réunion organisée à la *Chambre du Commerce* où la presse et Georges avaient été conviés cette fois-ci.

- Vous déguisez votre comptabilité ! accusa Simon Etron.

- Je n'ai rien à cacher messieurs... Toute ma matière première est achetée légalement avec facture... Ce qui n'est peut-être pas le cas de tout le monde, Monsieur Etron... Je n'envoie pas mes employés acheter des steaks hachés au supermarché avec de l'argent liquide quelques minutes avant le service... Si vous voyez ce que je veux dire...

- Vous inventez n'importe quoi pour vous rendre intéressant, vous accusez sans preuve... et puis, mes affaires ne vous regardent pas !

- Et bien moi, messieurs, je vous prouverai que je ne vends pas à perte et que je suis *règlo,* malgré les prix bas que je pratique... et afin que la vérité et mon honneur soient rétablis, je remets dès aujourd'hui ma comptabilité à la disposition de la presse...

Et de joindre le geste à la parole en distribuant un dossier à chaque journaliste présent dans la salle de réunion. Un grand « *oh !* » de surprise accompagna la distribution de la chemise.

- Vous savez que nous allons faire éplucher ces documents par des experts monsieur Souhatier, fit Victor Tarin en se levant, et que la publication de telles pièces comptables peut vous faire du tort si vous avez menti !

- J'en assume pleinement la responsabilité, messieurs… Lisez, contrôlez et publiez, et l'on verra qui sont les malhonnêtes : ceux qui multiplient le prix d'achat de leurs produits par huit ou ceux qui pratiquent une marge raisonnable avec le respect du consommateur…

- Pas besoin de brasser autant d'air pour nous avouer que vous voulez la mort de tous les restaurateurs de la station… lança un Simon Etron rageur.

- Je ne cherche que le bonheur de mes clients.

- Laissez-moi rire, quand vous nous aurez tous fait baisser le rideau et qu'il ne restera plus que vous, vous pourrez pratiquer les prix que vous voudrez… Et alors, qui paiera vos conneries… Le consommateur… Vous êtes un voleur monsieur Souhatier… Un voleur, un menteur, un calculateur, et, et… bégaya Simon qui cherchait une insulte : un connard…

- Vous vous égarez monsieur Etron, je veux bien mettre vos écarts de langage au crédit de votre colère, cependant reprenez-vous... Attendez l'analyse de ma comptabilité par les experts et nous verrons après...

Si la publication du dossier comptable du restaurant *Le Roche-plate* donna raison à son propriétaire et ne fit que multiplier son chiffre d'affaires, obligeant les autres commerçants à réviser leurs prix à la baisse, elle eut deux conséquences bien inattendues et graves de conséquences pour la suite de cette tragique histoire de la folie humaine.

La première c'est que Simon Etron, obligé par une forte pression médiatique de publier ses résultats comptables, eut les honneurs d'un contrôle fiscal aux résultats bien épicés, qui l'obligèrent, pour solder ce qu'il avait dissimulé au *Trésor Public*, à vendre à perte quelques-uns des appartements qu'il possédait sur la côte. Le restaurateur humilié, qui ne cachait pas sa rancœur contre *Georges le raté*, souhaitait ardemment sa perte... Dans tous les sens du terme...

La deuxième, plus indirecte mais plus grave pour Georges Souhatier, c'est que les réseaux de l'information étendant leurs ramifications dans le monde entier grâce au *Web,* le correspondant français de *CNN,* amateur d'originalité et d'insolite, consacra une des rubriques du site d'information mondial à cette *funny french news.* Un internaute américain couche-tard, abonné aux dépêches de *CNN,* tomba par hasard sur cette affaire en surfant depuis son ordinateur portable. Si le nom du restaurateur ne lui dit rien, la photo lui rappela vaguement quelque chose. Il cliqua sur l'icône d'agrandissement, puis, après quelques secondes de téléchargement, elle s'afficha en plein écran.

Il reconnut Georges Souhatier, dont il avait toujours eu de la difficulté à prononcer correctement le nom.

Le premier moment de surprise passé, il la sauvegarda sur son disque dur avec la totalité du texte du journaliste.

Il décrocha son téléphone et composa le numéro de son patron, propriétaire d'un grand hôtel casino de Las Vegas.

- *Good news ! I know where he is !* (bonnes nouvelles! Je sais où il est !)

- *Who ?* (qui ?)

- *The french cheater* ! (Le tricheur français !)

- *Kill him !* (Tue-le !)

C'était ce *french cheater* recherché par un tueur à gages américain que Victor Tarin venait de reconnaître avec sa perruque dans la camionnette accidentée de La Carquois.

Le militaire de garde au sémaphore de Saint-Cast, perché comme un aigle scrutateur dans son bâtiment en forme de passerelle de navire, dominant la baie de la Fresnaye sur sa gauche et le port Jacquet sur sa droite, reçut *fort et clair*, l'appel à l'aide envoyé par Mario sur le canal *« 16 »* de sa VHF depuis le Cap-Fréhel.

Laconiquement, sans prendre le ton de tristesse et de compassion qui convient au respect de la mort, il répondit militairement avec un accent marseillais inattendu et pas toujours compréhensible pour les Bretons.

- Reçu *cinque sur cinque Fréhele* ... Je répète votre message : « lors de votre ronde quotidienne, vous avez découvert un pendu, pendu dans la *tourre* du *Cape-Fréhele.* »

- Euh ! Oui ! fit Mario. C'est bien ça.

- Il est mort ? interrogea le militaire.

- Tout ce qu'il y a de plus mort ! répondit l'Espagnol un peu surpris de la question idiote.

- Qu'attendez-vous de moi *Fréhele ?*

- Ben... que vous appeliez les secours !

- S'il est mort, vous n'avez pas besoin des secours!

- Vous êtes idiot ou quoi ? se fâcha Mario, prévenez la gendarmerie.

- Vous ne pouvez pas téléphoner vous-même ? insista le Marseillais.

- Les lignes sont coupées, à cause de l'ouragan.

Après quelques minutes de cette conversation surréaliste, le militaire relaya l'information vers la gendarmerie de Matignon, qui elle-même tenta de prévenir l'adjudant Margatière parti en mission.

Il est des jours ainsi, où même la technique la plus moderne n'arrive pas à faire face aux besoins humains.

Finalement, après bien des méandres et des tractations administratives, la nouvelle du « *pendu pendu,»* arriva aux oreilles du gendarme par le canal des pompiers qui avaient fait le relais par leurs propres réseaux.

C'est Victor Tarin qui, grâce à sa moto passe-partout, conduisit l'adjudant-chef Margatière au Cap-Fréhel pour faire les premières constatations.

- Victor Tarin, en votre qualité de gratte-papier, fit Margatière au journaliste alors qu'ils passaient devant la petite cabane du péage estival du site, je vous réquisitionne, vous, votre stylo et votre carnet…

- Vous êtes en retard mon adjudant, il y a belle lurette que je ne me sers plus d'un crayon et d'un papier, fit Victor en garant sa moto au pied de la tour de granit.

- Vous gardez tout dans votre mémoire !

- Non, dans celle-là ! répondit le journaliste en brandissant un mini ordinateur pas plus grand qu'un portefeuille.

- Alors, notez, tapez ou enregistrez, bref débrouillez-vous comme vous voulez, mais gardez-moi tout ce que me dira monsieur Fernandez…

- Même les insultes ? s'amusa le journaliste qui

connaissait bien le caractère effronté du gardien pour l'avoir souvent interviewé lorsque des touristes imprudents faisaient le grand saut du haut des falaises.

- Tout Tarin ! Prenez aussi des photos, sous tous les angles.

Le gardien du phare attendait appuyé contre le chambranle de la porte. Il avait l'air très abattu et semblait avoir perdu son arrogance.

- Vous êtes seul ? s'inquiéta Mario en saluant le gendarme.

- Ne vous inquiétez pas ! répondit Margatière.

- Et lui là ! fit Mario en désignant Tarin, c'est pas un gendarme ! Je le connais bien, c'est le journaliste du coin, celui qui a fait coincer le tueur de la Vallée Diane. Qu'est-ce qu'il vient foutre là ? C'est une affaire privée, ça ne regarde pas ce fouille merde… Je ne veux pas que ça passe dans le journal…

- Calmez-vous monsieur Fernandez ! Il n'est pas là pour ça ! Montrez-moi plutôt ce que vous avez vu.

Bien qu'hostile aux ascenseurs, Mario accompagna Victor Tarin et l'adjudant Margatière dans le monte-charge conduisant au fanal et commença de raconter dans le détail la découverte du pendu qui gisait maintenant sur le sol, la corde toujours attachée au cou.

- C'est vous qui l'avez dépendue ?

- Oui… pourquoi ?

- Vous n'auriez pas dû toucher le corps avant notre arrivée, vous avez peut-être détruit des indices...

- Des indices de quoi ? Elle s'est suicidée, c'est tout. Faut pas chercher midi à quatorze heures…

- L'enquête nous le dira monsieur Fernandez.

- Nom de Dieu, qui voulez-vous qui aurait tué ma mère ?

Ce dimanche de Pâques fut bien éprouvant pour la famille Fernandez qui était frappée de plein fouet par la mort violente de la *mama.*

Si Mario était convaincu de la culpabilité de sa femme, il n'en laissa rien paraître devant elle, et encore moins dans ses rapports avec les gendarmes enfin arrivés sur les lieux, qui fouillaient partout.

Quant à Margatière, bien qu'il ne le laissait pas paraître, car il avait la responsabilité de l'enquête, il avait tout de suite penché pour la thèse du suicide. D'ailleurs, il se l'avouait bien volontiers pour se donner bonne conscience : « qui pouvait en vouloir à ce point à une pauvre vieille femme sans méchanceté, pour l'assassiner dans des conditions dignes d'un roman policier ? »

- Et puis les pendaisons sont monnaie courante

en Bretagne, dit-il à Tarin qui penchait lui aussi pour un suicide.

Quelques détails pourtant préoccupaient le journaliste :

- Comment cette femme très corpulente a-t-elle fait pour franchir la rambarde et surtout, pourquoi est-elle montée jusqu'au sommet du phare pour se suicider… Je trouve cet effort inutile, voir ridicule, pour une vieille dame voulant se donner la mort.

- Si vous étiez à ma place Tarin, plus rien ne vous étonnerait ! Même pas l'impossible… Et puis il y a l'ascenseur, c'est bien pratique pour grimper là-haut sans effort !

- Bien sûr, pourtant vous avez vu l'étroitesse de l'échelle aux marches d'acier qui conduit à la base du système d'optique. Il me semble qu'une dame aussi forte que madame Fernandez mère devrait avoir de grandes difficultés à se hisser sur des degrés aussi abruptes dans un espace aussi étriqué…

- L'énergie du désespéré Tarin, dans des cas extrêmes l'être humain est capable d'exploits inimaginables…

- Ouais bien sûr… Cependant, même poursuivi par une horde de lions, un éléphant ne pourra jamais passer par un trou de souris… Ou alors expliquez-moi le truc !

- Vous avez l'esprit tordu monsieur le journaliste, je sais que ça fait vendre votre torchon, mais dans l'affaire qui nous préoccupe la solution s'offre à qui sait ouvrir les yeux : madame Fernandez a voulu que ce soit son fils qui la trouve en premier et elle savait qu'il montait tous les matins pour inspecter la lanterne ! s'énerva Margatière. Avant de monter, elle est allée au local technique, a pris une ficelle et...

- Un *bout* mon adjudant !

- Non, une entière...

- Ce n'est pas cela que je veux dire... En langage maritime on ne dit pas une ficelle, mais un *bout*...

- Si vous voulez ! Elle a donc pris un... *bout*... a emprunté l'ascenseur, a monté les vingt-deux marches conduisant à l'échelle de la lanterne, a accroché le... *bout*... à cette grille... à passé l'extrémité du... *bout*... par-dessus la rambarde... s'est fait une petite cravate... a fait un effort surhumain en montant sur la barre de laiton... et en route pour le grand voyage... C'est pas plus compliqué que cela...

- Pas simple votre explication... possible... mais difficile à croire... Pour moi, il y a un mystère dans la mort de cette femme.

L'avenir allait donner raison au journaliste.

Les interrogatoires des proches, Mario, sa femme et leurs deux enfants, n'apportèrent aucune information utile aux gendarmes pour que ces derniers puissent conclure formellement au suicide de la grand-mère. Rien dans ses comportements ne pouvait laisser croire à des tendances suicidaires.

Il s'avérait que cette vieille espagnole, revêche, possessive envers son fils et violente à l'encontre de sa belle-fille, qui ne cacha d'ailleurs nullement ses problèmes de cohabitation aux militaires, aimait la vie et était dotée d'une santé de fer. Elle ne souffrait d'aucune maladie connue, mangeait comme quatre et ne prenait aucun médicament.

Seul Mario, son fils adoré qui voulait éloigner au plus vite les gendarmes, tenta un début d'explication peu convaincante et affirma qu'elle s'était détruite pour éviter de finir sa vie dans une maison de retraite.

Si rien ne pouvait formellement accréditer ou réfuter la thèse du suicide, il n'y avait aucune raison d'accorder crédit à celle d'un assassinat.

Un méticuleux ratissage des lieux de la découverte du pendu par les officiers de la police scientifique, tout exprès descendus de Saint-Brieuc, n'apportèrent aucun indice permettant de se faire une idée précise de ce qui s'était réellement passé.

La tour du Cap-Fréhel étant un lieu énormément visité par le public, les lieux étaient pollués par des centaines d'empreintes digitales différentes et le ramassage des cheveux, poils et autres traces de présence humaine, n'apportèrent aucune preuve exploitable par la justice.

- Si on fait analyser nos découvertes et rechercher les empreintes d'ADN, dit l'officier responsable de la branche scientifique, on va trouver des dizaines d'empreintes génétiques différentes, et rien ne pourra affirmer si elles appartiennent à un touriste ou à un éventuel assassin… C'est le problème des lieux publics…

L'adjudant-chef Margatière, un des gendarmes les mieux notés du département, était doté d'une expérience de terrain de plus de vingt-cinq ans. Il connaissait bien le canton de Matignon où il patrouillait de jour et de nuit depuis plus de douze années. Le métier, il l'avait vu évoluer - pas toujours en bien – pourtant il l'aimait. Etre gendarme avait été un rêve de gosse exaucé quand il avait été reçu premier aux examens.

Rarement dans sa carrière il avait conclu un procès-verbal sans être sûr de son jugement. Tous ses rapports fourmillaient de détails et de preuves irréfutables qui faisaient la joie du procureur de la République et donnaient beaucoup de mal aux avocats de la défense.

Margatière savait détecter les mensonges, trouver la faille dans un témoignage, et mettait un point d'honneur à ne pas conclure sans être absolument sûr de lui. C'est pourquoi en cette soirée de dimanche de Pâques, assis devant son écran d'ordinateur, il tapait son rapport sans conviction.

Il conclut au suicide par pendaison de madame veuve Fernandez.

Le souper dans les appartements du gardien du phare fut froid dans tous les sens du terme. Avec tous les événements de la journée, Maria n'avait pas eu le temps de préparer un repas chaud. Personne n'osait prononcer un mot, de peur de froisser le père qui mangeait sans faim un morceau de viande resté de la veille.

Au bout de la table, trônant en patriarche, Mario ruminait et cherchait une façon d'engager la conversation. Comme d'habitude, il pesta contre sa femme assise à sa droite, c'était ce qu'il avait trouvé de plus simple pour démarrer.

- Pourquoi t'as rien préparer à bouffer, c'est dégueulasse ? lança-t-il en crachant à terre.

- Je n'ai pas eu le temps, s'excusa la pauvre fille sans le regarder.

- T'es vraiment une conne, tu passes tes journées à rien foutre ! reprit-il en secouant la tête de droite à gauche.

- Les gendarmes n'ont interrogée ! risqua-t-elle en sachant qu'elle n'aurait pas dû se justifier.

- Moi aussi... mais ça ne m'a pas empêché de faire mon travail... Tu n'es qu'une empotée et une fainéante... Ma mère me le disait tous les jours...

- Laisse ta mère où elle est ! osa Maria en se protégeant le visage car elle savait que son mari avait la main leste.

- Ca ! Mon idiote, c'est un aveu !

- Un aveu de quoi ? s'inquiéta-t-elle.

- C'est toi qu'a tué *mama* ! Salope ! et il lui porta une gifle retentissante.

- Tu te trompes Mario, fit-elle en se signant respectueusement et en acceptant la correction.

- Tu sais que j'ai raison et que je déteste être contredit Maria, ne me prends pas pour un imbécile, je sais ce qui se passe chez moi et je te connais assez pour savoir à quel point tu es méchante...

- Les gendarmes ont dit que ta mère s'est suicidée...

- Ca y est, tu me contredis encore, tu vas t'en prendre une autre...

- Ce sont des gendarmes Mario, ils ont l'habitude...

- Des poulets prêts à être plumés... Des connards juste bons à faire souffler dans le ballon où à se planquer comme des lâches derrière un bosquet et verbaliser avec leur putain de radar...

Là ils sont bons les *cognes*, par contre quand il s'agit de réfléchir, y'a plus personne.

Mario se servit un verre de vin rempli à ras bord, et en renversa une partie sur la table en le portant à ses lèvres.

- Tu vois Maria, tu m'énerves et je fais des bêtises à cause de toi... De toutes manières, c'est toi qui nettoie... Alors merde !

Et d'un grand geste de bras, il fit tomber verre et contenu sur le sol. Emporté dans sa colère, il projeta son assiette sur le mur et assena un coup de genou à sa femme qui s'était penchée pour relever le verre qui, par miracle, avait résisté à la chute...

Le coup avait été violent et Maria avait l'arcade sourcilière éclatée, un flot de sang lui masquait l'œil et lui maculait le visage.

Elle avait tellement mal, qu'elle ne pouvait ni pleurer ni crier. Les enfants par contre, se levèrent prestement et crièrent, seul Pedro prit pitié de sa mère et vint la soutenir.

- Voilà un joli tableau, les deux femelles de ma tribu, mon fils aîné et ma femme... Vous êtes belles toutes les deux...

- Tu es fou papa ! osa Pedro, il faut te faire soigner.

- Ah ! Ah ! Ah ! Je ne sais pas lequel des deux est le plus malade… c'est curieux, mais je pencherai pour toi… *le pédé… le fouilleur de merde*… C'est toi, le *contre-nature,* qu'il faudrait soigner et enfermer dans un asile… Toi et ta mère vous êtes la honte de la famille… Tu n'aurais jamais dû naître… Jamais tu m'entends… Ta mère aurait dû avorter plutôt que de donner naissance à un dégénéré…

- Tu ne comprends rien papa, ce n'est pas parce que je suis différent qu'il faut me rejeter, je suis heureux… plus que maman en tout cas… vous devriez divorcer…

- Petit con ! et il le gifla avec le revers de la main.

La violence du coup projeta Pedro à terre. Sa lèvre supérieure avait été éclatée par la chevalière en or qui ornait l'auriculaire de Mario depuis ses vingt ans.

La vue du sang sur la figure de son fils adoré allongé sur le carrelage révolta Maria, qui sentit la colère monter en elle. Elle bouillait, pourtant elle n'osait pas bouger.

Si elle acceptait avec résignation les coups portés par la brute – *après-tout* se disait-elle, *c'est mon mari, il a le droit de me corriger* – elle n'acceptait pas de voir ses enfants souffrir, et surtout pas Pedro - son Pedro - le seul qui l'aidait et qui venait la réconforter quand elle avait du chagrin, c'est à dire tous les jours ou presque.

- Pedro, mon chéri !

- Ca va maman, ça va ! T'inquiète pas ! Ma blessure est plus morale que physique ! répondit le jeune homme en s'essuyant le sang d'un revers de main.

Puis il se releva d'un bond, oubliant sa lèvre et se tenant devant son père, il osa soutenir son regard pour la première fois.

- C'est qu'il me ferait peur la tapette ! nargua Mario en lui caressant la joue.

Pedro sentait une colère inhabituelle monter en lui et envahir tout son être. Il tremblait mécaniquement et n'arrivait pas à se maîtriser, il voulait parler mais il avait du coton dans la bouche, sa langue ne voulait pas fonctionner et exprimer ce que son cerveau lui dictait.

Mario ressentait ce que son fils exprimait dans son regard et il s'amusait à le provoquer en le tenant fermement par le col de son tee-shirt.

- Tu veux tuer ton père lavette ? Hein ! Répond gonzesse à bite.

Il ouvrit la bouche… Rien ne sortit.

- Il faut des couilles pour ça mon petit Pedro ! Et de ce côté-là, la nature a fait une vacherie au petit chouchou à sa maman…

Mario secoua la tête de droite à gauche en signe de pitié et lança une nouvelle gifle à son fils qui, stoïque, l'encaissa sans broncher.

- Pédale va… Je ne sais plus qui disait que pour devenir un homme, un fils doit tuer son père… Tu n'es pas près d'y arriver…

Le gardien le lâcha et ingurgita une bonne rasade de vin qu'il but à même la bouteille.

- Tu ne devrais pas boire comme ça ! lança Maria qui connaissait les limites de son mari, tu vas te faire du mal.

- Toi la pute, occupe-toi de tes oignons ! Si tu n'avais pas tué ma mère, on n'en serait pas là…

- Je ne l'ai pas tuée… hurla Maria.

- Si ! Je le sais… Et tu vas mourir toi aussi… Il le faut…

Mario attrapa le fusil à canons superposés accroché au-dessus de la cheminée et s'empressa de le charger avec les deux cartouches qui étaient en permanence posées sur le buffet de la cuisine.

- Non papa, ne fait pas ça, lâche ce fusil ! Maman n'a rien fait ! s'interposa Pedro en pleurant. Tu vas faire une bêtise…

- Pousse-toi de mon chemin, où je vous descends tous les deux… hurla Mario en mettant son fils en joue.

- Pose ton fusil, papa ! Tu vas aller en prison… tenta Pedro qui sentait bien qu'il avait le destin de sa mère entre ses mains.

- Les flics ne pourront rien contre moi, je leur expliquerai tout… Ta mère est une criminelle, elle doit payer… Je l'ai condamnée à mort…

Le père et le fils restèrent quelques secondes à se toiser, sans parler, puis voyant qu'il n'arriverait pas à faire flancher Pedro qui prenait de plus en plus d'assurance, il baissa doucement le canon de son arme et radoucit sa voix.

- Bien, que proposes-tu ?

- Asseyons-nous calmement papa et discutons.

- Alors montre l'exemple fils, laisse moi passer…

Pedro hésita un moment, pensa bien demander à son père de lui remettre l'arme, mais il n'osa pas, comprenant bien qu'en lui demandant de s'asseoir, il accomplissait déjà un exploit. Lui qui n'avait jamais osé s'opposer au patriarche, il ne voulait pas brûler les étapes et trop l'humilier.

Maria était prostrée près de la porte d'entrée, et n'osait prononcer une parole, elle avait plus peur pour son fils que pour elle.

Pedro tourna lentement la tête vers sa mère et l'interrogea du regard.

Elle lui fit « *oui* » avec un clignement d'yeux

prolongé et résigné qui voulait plus dire « *la situation est bloquée, on n'a plus rien à perdre, alors on verra bien !* » plutôt que « *écoute ton père, il ne veut pas nous faire de mal !* »

Pedro se rangea et laissa passer son père qui esquissa un sourire de victoire.

« *Il les avait bien baisés ces crétins !* »

Un coup de crosse plia Pedro en deux, libérant l'espace entre Maria et son mari.

Ils étaient face à face, à deux mètres d'intervalle. Si la mort brillait dans les yeux du père, la pitié s'exprimait sur le visage de la pauvre Maria qui priait intérieurement.

- A nous deux maintenant, tu vas crever…

- Sauve-toi maman, il est devenu fou ! réussit à dire Pedro entre deux spasmes.

Le pauvre garçon avait le souffle coupé par la violence du coup qu'il .venait de recevoir de son père en furie meurtrière.

N'écoutant que son instinct de survie, Maria sortit de la maison en larmes et se mit courir sans savoir où elle irait.

- C'est ça ! lui lança le gardien. Sauve-toi sur la lande, je vais te traquer comme un lapin de garenne! Je finirai bien par t'avoir… Il n'y a que les coupables qui fuient quand on leur oppose la vérité… Tu as tué ma mère… Tu vas mourir…

Encore sonné, Pedro décrocha le téléphone…

La ligne avait été réparée… Il composa un numéro et après quelques sonneries, un répondeur prit le relais : *« vous avez demandé la gendarmerie de Matignon, ne quittez pas… »*

Pedro s'impatientait, personne ne répondait. Il était près de minuit. Après trois ou quatre passages de la bande d'accueil, une voix humaine non enregistrée prit enfin le relais :

- Gendarmerie de Matignon j'écoute…

Et Pedro raconta tout dans le détail…

Au lieu de prendre la route et se sauver vers Plévenon, où elle aurait certainement obtenu rapidement du secours, car un groupe de camping-cars venu de la Lozère était garé à quelques centaines de mètres du phare, Maria avait fait l'erreur stratégique de s'enfuir vers la pointe où est construite l'ancienne tour des *Sauveteurs en Mer* et qui accueille la corne de brume.

Elle s'était enfermée dans un cul-de-sac.

Pour ajouter à la panique qui envahissait tout son être et qui la faisait marcher mécaniquement avec des gestes désordonnés, elle avait perdu ses chaussures en enjambant la barrière jouxtant la tour Vauban.

Dévalant pieds-nus sur le chemin, elle avait les chairs en sang. Bien que la pleine lune fût à son paroxysme, des nuages lourds de menaces masquaient la clarté naturelle, déchirée par les quatre faisceaux envoûtants du phare qui formaient comme une croix tournant au sommet de la tour.

Arrivée devant la borne d'indications touristiques, et comprenant soudain qu'elle n'allait pas vers le salut, elle s'arrêta... écouta... Elle n'entendit d'abord que son propre cœur qui lui martelait les tempes, puis plus indistinctement des bruits de lutte.

Mario et Pedro se battaient plus haut, sur le parking.

Un cri de douleur déchira la nuit et se répercuta sur les falaises de grès.

Elle eut peur pour son fils et, au mépris de sa propre sécurité, n'écoutant que son instinct de mère, elle retourna sur ses pas.

Il fallait qu'elle les sépare avant l'irréparable, « *si quelqu'un doit mourir,* pensait-elle, *c'est moi ! Pas Pedro, il n'a jamais fait de mal à personne...* »

Quand elle arriva sur les lieux où, quelques instants avant avait eu lieu la bataille entre le père et le fils, le gamin était allongé sur le goudron, le tee-shirt maculé de sang.

- Pedro ! Pedro ! Réponds-moi ! Tu es blessé...

- Non maman ! Sauve-toi ! J'ai appelé les gendarmes, ils arrivent... Je leur ai tout raconté...

- Tu baignes dans ton sang ! Que t'a-t-il fait ?

- Rien maman ! Rien ! C'est de ma faute !

- Il a voulu te tuer ?

- Non ! C'est moi, je me suis jeté sur lui pour l'empêcher de te rattraper… Il est plus fort que moi… Il s'est débattu… Je me suis défendu… Et…

- Et…

- J'ai honte maman, c'est mon père…

- Qu'as-tu fait malheureux ? Tu l'as…

- Non ! Avant de sortir de la maison j'avais pris ton couteau à trancher le pain… Je crois que je lui ai transpercé la cuisse… C'est son sang sur mon tee-shirt.

- Ne t'inquiète pas, il est solide, il n'en mourra pas… Où est-il maintenant ?

- Je ne sais pas…

Au même moment, les phares d'une voiture s'allumèrent, éclairant la mère et le fils qui s'était relevé…

Quand le moteur démarra, Pedro compris immédiatement…

- C'est papa, il veut nous écraser… Viens vite, nous allons nous sauver à travers la lande… Il faut gagner du temps, les gendarmes vont arriver.

Un coup de feu partit, et manqua sa cible.

Le conducteur accéléra et se dirigea droit sur ses futures victimes.

Profondément blessé, pas suffisamment pour l'immobiliser, Mario était retourné à l'intérieur de la maison pour se bander et chercher des cartouches... Il en avait logé une trentaine dans les poches de sa veste...

Comprenant qu'il lui serait difficile de marcher avec une jambe abîmée, encore plus de courir, il se décida à prendre son véhicule, équipé d'une boîte automatique, et de poursuivre sa femme, qui était, selon ses déductions, l'assassin de sa mère...

Il fallait qu'elle paye...

Il fallait qu'elle meure...

Il ne faisait pas confiance à la justice...

Jamais, au cours de sa folle poursuite, il ne songea qu'il pouvait se tromper... Que sa mère s'était peut-être suicidée ? Ou que quelqu'un d'autre avait pu commettre le crime ? D'ailleurs, dans son esprit embrumé, il assimilait la fuite de sa femme à un aveu: *« si elle a peur de moi, c'est que c'est elle qui l'a tuée... »*

Pedro entraîna sa mère en direction des bâtiments des toilettes publiques, puis ils se lancèrent à corps perdu sur les sentiers de randonnée tracés dans la lande par des associations de protection de la nature.

Avec sa voiture Mario ne pouvait pas les poursuivre sur les chemins de terre, mais il connaissait suffisamment la région pour savoir où ils allaient atterrir. Il coupa ses lanternes, tira quelques coups de fusils au hasard… Ils étaient déjà hors d'atteinte. Son but n'était pas alors de les tuer, car il connaissait parfaitement la portée de son arme, il voulait les entraîner vers un endroit bien précis, sur la route touristique, sur le goudron.

Il les attendrait un peu plus loin, et là…

Pedro et sa mère fuyaient sans but précis sur les chemins escarpés accrochés à la falaise, elle les pieds en sang, lui la peur au ventre. Leurs fantômes apparaissaient de temps en temps au détour d'une butte et disparaissaient aussitôt, cachés par la nature printanière. La lune qui jouait toujours à cache-cache avec les nuages, éclairait froidement les ajoncs qui couvrent la région d'un tapis d'or au printemps.

La lande de Fréhel qu'une légende attribue à un fermier peu scrupuleux ayant pactisé avec le Diable, était balayée par les faisceaux intermittents du phare qui, imperturbable, continuait sa mission.

Le silence de cette nuit d'enfer était rythmé par le ballet incessant de la houle venant se fracasser en contrebas sur les brisants meurtriers de la grève, roulant ses galets dans son immuable va et vient.

Le couple de fuyards arrivant au bout du chemin, décida de continuer sa fuite en avant sur la route goudronnée. Elle en marchant sur l'accotement herbeux pour soulager ses pieds endoloris, lui en la soutenant du mieux qu'il pouvait.

Mario avait bien calculé.

Il ralluma ses lanternes et visa.

La détonation fit s'envoler une chouette perdue dans la lande, et crier Maria qui avait reçu quelques plombs. Les blessures n'étaient que superficielles, cependant elles lui donnèrent des ailes.

Elle se mit à courir droit devant, suivie par Pedro qui, se retournant de temps en temps tentait d'apercevoir son père qui, monstrueusement éclairé en arrière plan par les phares de sa voiture restés allumés, lui semblait une apparition descendue tout droit de l'enfer. Le tueur avançait lentement en se déhanchant à cause de sa cuisse, plus déterminé que jamais.

- Je vais vous tuer tous les deux... lançait-il.

A force de se retourner, Pedro buta dans une racine et s'allongea de tout son long. Il vit son père passer à quelques mètres de lui au moment où le double faisceau du phare le balaya froidement.

Pedro se crut perdu...

Il se camoufla la figure...

Mario ignora Pedro, car il ne voyait plus que Maria, sa cible, qui venait de repartir sur la lande, abandonnant son fils.

Elle courait, butait, se relevait.

Elle ne pensait même plus à ses pieds…

Soudain, elle fut arrêtée par un obstacle qu'elle n'avait pas vu…

Une barrière infranchissable de grillage…

Une trouée dans les nuages fit comprendre à Mario qu'il la tenait enfin.

Il s'approcha.

Elle se retourna.

Il se tenait à moins d'un mètre d'elle.

Elle devina son avenir proche dans les yeux pétillants et déterminés de son mari.

Il sourit froidement.

Elle regarda derrière, sur les côtés…

Il n'y avait pas d'issue…

Elle était coincée…

Il la mit en joue.

Elle allait mourir.

Au loin, arrivant du côté de Plévenon, un gyrophare lançait ses reflets bleutés sur la lande. L'adjudant chef Margatière arrivait avec ses gendarmes.

Ils n'avaient pas perdu de temps.

A peine le téléphone raccroché, ils avaient sauté dans l'estafette et le conducteur avait fait honneur au stage de conduite de crise payé par son ministère.

Ils craignaient d'arriver trop tard.

Le flair de l'adjudant dirigea ses hommes vers les phares de cette voiture semblant illogiquement immobilisée sur la route…

C'était celle de Mario…

Un balayage du phare du Cap-Fréhel éclaira quelques secondes le tueur et sa victime.

- Là ! fit un gendarme, gare-toi, on y va à pied.

Les militaires, pourtant témoins privilégiés, ne surent pas dans l'instant si le coup de feu était partit avant le hurlement ou si le cri avait précédé la détonation.

Le Centre Hospitalier René Pleven, massive construction en granit bâtie sur une colline de la commune de Léhon, n'était pas le lieu de visite favori de Victor Tarin, pourtant il fallait qu'il y aille. Il avait besoin de rencontrer un témoin pour terminer son papier.

- J'aimerais connaître le numéro de la chambre de Monsieur Pedro Fernandez ! demanda le journaliste à une employée plus absorbée par son roman que par son travail.

Visiblement irritée par le perturbateur, elle tapota machinalement sur son ordinateur et lança d'une voix monocorde :

- Chambre 252 au deuxième, mais les visites sont interdites le matin… En plus on est un jour férié…

Sans attendre la réaction de Victor, elle se replongea dans la lecture.

L'interdiction de se rendre au chevet de son témoin ne semblait pas inquiéter Victor, qui se rendit à l'étage indiqué. L'odeur des produits pharmaceutiques avait toujours été pour le journaliste synonyme de mort…

Quand une jolie infirmière qui portait admirablement une petite blouse blanche, artistiquement boutonnée afin de laisser deviner ses avantages, lui demanda où il allait, il mentit :

- Je viens rendre visite à mon frère.

- Le matin c'est…

- Interdit ! Je sais coupa Victor. Mais vous savez ce que c'est, mon patron ne m'a accordé que cet instant. Alors je me suis dit que…

- Vous travaillez le lundi de Pâques ?

- Vous aussi apparemment.

- Oh ! Nous vous savez, c'est différent.

- Vous faites un métier admirable, mademoiselle, pas toujours suffisamment reconnu à mon avis… flatta Victor pour amadouer.

- Il est dans quelle chambre votre frère ? repris l'infirmière qui commençait à trouver ce garçon à son goût.

- 252 ! fit un Tarin mielleux qui usa de son plus beau sourire de faux-cul.

- C'est le pauvre garçon qui a assisté à la mort d'un membre de sa famille…

- Oui… s'apitoya Victor.

- Bon d'accord ! fit la dame en blanc qui n'était pas insensible aux charmes du journaliste. Ne restez pas trop longtemps, il est très choqué…

Pedro qui avait été installé dans une chambre seule, reconnut Victor.

- Avez-vous vu ma mère monsieur Tarin ?

- Non, pas physiquement ! Je… heu ! Les gendarmes m'ont dit qu'elle s'en tirerait bien… Elle est seulement un peu choquée, ça se comprend, après la nuit d'enfer que vous venez de passer.

- Et mon père ?

- Les recherches continuent, mais il n'y a presque aucune chance de le remonter… C'est trop risqué pour les pompiers…

- Il n'a eu que ce qu'il méritait, c'était un monstre qui déshonorait sa profession.

- Si vous me racontiez ce qu'il s'est passé Pedro, j'ai besoin de votre témoignage pour le journal… Si vous êtes d'accord bien entendu…

Fusillade mortelle sur la lande

Le titre s'étalait sur trois colonnes dans les pages toutes régions de la *Chronique de l'Ouest*, le quotidien où travaillait Victor.

Assis sur sa terrasse et regardant avec découragement les dégâts de la tempête - il n'y avait presque plus un seul pin debout dans sa propriété – Victor buvait son troisième café du matin, tout en lisant le journal où son article avait une place de choix.

« (...) Le gardien du phare du Cap-Fréhel, a été projeté dans la nuit du dimanche au lundi de Pâques dans la faille du Trou de l'Enfer, » disait le chapeau de l'article qui donnait tous les détails de l'affaire.

« (...) Alors que la gendarmerie de Matignon,

chargée de l'enquête, avait conclu au suicide par pendaison de madame Fernandez, son fils, persuadé qu'elle avait été victime d'un assassinat, au cours du repas de dimanche soir, accusa sans preuve sa femme d'en être l'auteur.

« Une vive altercation s'engagea alors au sein de la famille quand Pedro, le fils aîné des époux Fernandez, prit la défense de sa mère.

« Le gardien du phare, que tout le monde décrit comme un violent impulsif, décrocha son fusil de chasse et menaça sa femme.

« Celle-ci s'enfuit alors dans la nature.

« Une bagarre engagée entre le père et le fils blessa le gardien qui décida de poursuivre ses victimes à l'aide de sa voiture. Entre temps, Pedro avait réussi à prévenir la gendarmerie, qui, comme on le verra plus loin, ne put rien faire pour empêcher l'issue fatale de ce drame familial.

« Une course mortelle s'engagea bientôt sur la lande de Fréhel entre le père, armé d'un fusil de chasse et la mère courant pieds nus sur les chemins, soutenue par son fils.

« Soudain un obstacle se mit en travers du chemin de Maria : c'était le grillage de protection entourant la faille du Toul an Ifern qui, selon la légende, renferme les âmes des pêcheurs condamnés à expier leurs fautes jusqu'au jugement dernier. Si vous interrogez les anciens de Plévenon,

ils vous affirmeront qu'on les entend parfois hurler de douleur depuis ce trou qui descend jusqu'aux entrailles de la terre, quand le vent et la marée déchaînent les éléments. »

Victor aimait beaucoup sa région et ne manquait jamais, quand les circonstances s'y prêtaient, et dans cette triste affaire c'était vraiment le cas, de donner un petit détail historique ou légendaire qui donnaient du relief à son papier. Il savait que la lande de Fréhel, une Terre de Légende, se prêtait aux mystères et que le public, son public en particulier, était friand de surnaturel.

Victor continua sa lecture, avec son fils sur les genoux.

« (...) Mario tenait Maria en joue et allait tirer quand, resté en arrière à cause d'une mauvaise chute, Pedro était arrivé en hurlant vers son père. Celui-ci se retourna, mais n'eut pas le temps de réagir. Avec la rage de survie, Pedro poussa son père qui recula, buta dans le grillage et passa par-dessus. En basculant, il lâcha son fusil dont le coup partit en l'air, ne touchant personne.

« Les gendarmes arrivés sur les lieux ne purent que constater les dégâts, le gardien du phare, emporté par son élan, avait été projeté dans la

faille sans fond du Trou de l'Enfer et avait disparu à tout jamais du monde des mortels.

« Les pompiers de Matignon, dont une unité est particulièrement bien équipée pour escalader les falaises, ont tenté quelques recherches pour retrouver le corps du gardien de phare disparu. L'exiguïté de la faille et sa profondeur viennent de les faire renoncer.

« Mario Fernandez reposera à jamais dans le Trou de l'Enfer, en compagnie des damnés de la légende. »

Vous venez de découvrir l'histoire de la première partie de ce drame authentique qui, je vous l'ai déjà précisé, s'est déroulé dans notre région il y a quelques années. Seuls les noms des protagonistes ont été changés pour ne pas nuire aux familles.

Si ce que vous venez de lire vous a fait frémir, l'horreur de la vérité que vous allez apprendre dans les pages suivantes va vous faire vomir de dégoût devant les folies dont l'être humain peut être capable.

J'avais presque oublié toute cette sordide histoire quand, un étouffant soir de juin, un concert gratuit organisé sur le parking du Cap-Fréhel à l'occasion de la Fête de la Musique, fit ressurgir des fantômes du passé. J'allais ce soir-là trouver la preuve incontestable que madame Fernandez ne s'était pas suicidée.

Fort de ma découverte, je décidai de rouvrir le dossier et de mener ma propre enquête.

Victor Tarin décida de grimper en haut de la tour du phare du Cap-Fréhel pour faire une photo d'ensemble depuis le chemin de ronde.

A sa grande déception, il n'avait pas été le seul à grimper les marches. Une ancienne connaissance mitraillait déjà la foule depuis l'observatoire.

- Tiens ! fit l'apparition, mais c'est mon Victor chéri. Mon journaliste préféré...

- Bonjour Marie, quelle surprise ! fit Victor en l'embrassant sur la joue.

Marie Balot - car c'était elle - est la correspondante du *Courrier d'Armorique*, l'autre journal qui couvre l'ouest de la France. C'est une jolie femme, avec qui, au grand désespoir de sa compagne actuelle, Victor eut une liaison dans le passé. Si pour Victor, c'était du passé, pour

Marie… il y avait toujours de l'espoir…

Toujours tirée à quatre épingles, Marie ne portait que le minimum de tissu indispensable pour cacher ce que la morale réprouvait.

Ses jupes rétrécissaient avec les nuits : plus on avançait dans l'été, plus elles étaient courtes…

Elle savait mettre ses atouts en valeur la donzelle et c'est vrai qu'elle en avait de généreusement gonflés. L'âge ne semblait pas avoir de prise sur Marie Balot qui ne faisait que se bonifier avec l'expérience de la vie. Jeune fille elle était jolie, femme elle était belle…

Sa taille bien proportionnée et ses jambes de mannequin en faisaient rêver plus d'un et jalouser plus d'une… Victor lui, semblait insensible aux charmes de Marie Balot, pire, il semblait l'ignorer.

- Tu es plus belle que jamais Marie… lança Victor en posant sur le sol un sac contenant son appareil photo.

- Tu n'es pas si mal non plus Victor ! minauda-t-elle en se frottant au journaliste.

- Que fais-tu là ?

- Je t'attendais !

- Tu es médium ?

- Je savais bien que mon journaliste préféré aurait choisi cet emplacement *à la hauteur,* pour prendre ses photos de presse… C'est le meilleur…

Il fait moins lourd qu'en bas où la chaleur est étouffante… Et puis, je me disais que…

- Que quoi ?

- Que ce lieu magique, et nos souvenirs communs qui s'y rattachent pourraient peut-être réveiller des zones endormies dans ton cœur de pierre…

- J'ai oublié.

- Menteur ! Combien de fois on est venu là le soir en amoureux, écouter le bruit des vagues et faire des projets d'avenir… Et puis, au retour, tu me faisais l'amour sur la petite plage du Vieux-Bourg, aux Grèves d'En-Bas…

- C'est du passé Marie, il faut oublier…

- Jamais Victor… Je t'aimais et je t'aime encore… J'ai besoin de toi…

- J'ai deux enfants, Marie-Rose et le petit Thomas, et puis il y a Blanche…

- Ne prononce jamais le nom de cette salope devant moi, pesta Marie en enlaçant Victor. Elle m'a volé mon premier et unique amour…

- Tu deviens pénible… Lâche-moi…

Qu'il faisait chaud et lourd en ce premier soir d'été. Au cours de la journée le thermomètre avait escaladé des sommets rarement atteints en Bretagne. Le goudron des routes collait aux pneumatiques et les grains de sable brûlaient les pieds des mordus de la bronzette. A midi il avait fait trente-neuf degrés centigrades, un record selon les archives. Au grand dam des organisateurs des festivités de la *Fête de la Musique,* la météo défaitiste avait prévu des orages violents sur l'ouest.

- Ca ne peut pas durer ! disait les pessimistes.

- Faisons confiance à l'été ! répondaient les optimistes.

Dans la soirée la chaleur étouffante était électrique, des nuages menaçants trottaient dans le ciel de Fréhel, cependant chacun espérait leur explosion tard dans la nuit, par exemple après le concert exceptionnel du Cap.

Juchés tout en haut de la tour du phare du Cap-Fréhel, sur le deuxième chemin de ronde, Victor et Marie étaient plus au frais que les milliers de spectateurs qui applaudissaient les premières notes crachées par les haut-parleurs surpuissants de l'orchestre. Il n'y avait guère que les goélands, les guillemots, les cormorans, les macareux et les petits pingouins de la réserve ornithologique de la Fauconnière à ne pas apprécier le spectacle.

A une trentaine de mètres au-dessus de la scène, un autre spectacle prenait forme, mais là, pas de spectateurs, seulement deux acteurs en pleine improvisation.

- On est seul Victor, minauda Marie Balot, il fait nuit... Personne ne nous verra... L'endroit est romantique à souhait, j'ai envie de toi...

Elle se plaqua rageusement sur son ventre et le poussa contre la rambarde.

Tarin avait la moitié du corps dans le vide, et il fit l'erreur de regarder en bas.

- Lâche-moi bon sang ! J'ai le vertige...

- Seulement si tu m'embrasses... répondit-elle en cherchant désespérément la bouche de Victor qui tournait énergiquement la tête de droite à gauche.

- On va se casser la figure... s'affola-t-il.

- Juste un petit baiser, le bisou de la nostalgie... S'il te plaît, mon petit Victor... Ca restera entre nous.

- C'est du chantage Marie...

- Non... de l'amour... et elle lui vola un baiser.

Au contact des lèvres chaudes et humides de Marie Balot, Victor ferma les yeux et dans le ciel qui se couvrait de noirs cumulo-nimbus menaçants, son ange gardien reçut un grand coup d'aiguillon dans les fesses, porté par le démon de la tentation qui riait bruyamment. La lutte entre les deux fantômes dura quelques secondes et celui de la tentation ayant plus d'arguments à opposer, l'ange gardien fut terrassé.

Victor répondit au baiser de Marie Balot qui exultait de bonheur.

Après tout, Victor n'était qu'un homme – et Marie une belle femme. Le doux contact de sa peau satinée et l'odeur enivrante de son parfum naturel qui lui revenait en mémoire, fit monter le désir de Victor qui commença à caresser Marie… Leurs mains se fouillaient, se heurtaient, retrouvaient des lieux secrets, leurs cerveaux s'affolaient et leurs cœurs battaient à l'unisson.

- Tu m'aimes encore ? demanda Marie en lui mordillant l'oreille.

- Je ne sais pas ! répondit Victor qui commençait à regretter sa légèreté.

- Petit menteur ! reprit Marie en frottant langoureusement son bas ventre sur sa virilité prise en flagrant délit d'expression corporelle.

Son sexe disait fermement ce qu'il ne voulait pas avouer de vive voix.

- Viens à l'intérieur, j'ai envie de toi… fit Marie en le prenant par la main.

C'est ce moment précis que l'orage choisit pour rafraîchir les cerveaux embrumés par les vapeurs de l'insouciance.

Le cumulonimbus qui avait sournoisement élu domicile à la verticale du phare ouvrit perfidement ses vannes en grand et déversa une bonne partie de sa cargaison sur les amoureux qui s'égaraient dans ce lieu public.

En bas, la foule prévoyante ouvrit ses parapluies comme un seul homme, en haut les amoureux transis se séparèrent et rentrèrent précipitamment dans la cloche d'acier et de verre renfermant le système optique du phare.

Les grosses gouttes se fracassaient bruyamment sur la tourelle en acier, pendant que le tonnerre, précédé d'éclairs puissants, manifestait sa présence à gros coups de canon repris en écho par les falaises.

- Finalement, dit Marie en frissonnant, je préfère être à l'intérieur, ça va être plus excitant d'imaginer que nous sommes deux naufragés échoués dans un phare abandonné et perdu au milieu de l'océan... Tu vas me faire l'amour comme une bête mon petit Victor.

Et elle se lova au journaliste en l'enlaçant avec ses bras humides.

- Du calme Marie ! enchaîna Tarin en la repoussant sans ménagement... L'intermède est terminé...

- Que t'arrive-t-il ? Tu es fâché, qu'ai-je fait de mal pour te faire changer d'avis ?

- Rien... Il ne faut pas... C'est tout... Je ne suis pas libre...

- Tu ne disais pas la même chose tout à l'heure, ton sexe non plus d'ailleurs... Si tu vois ce que je veux dire...

- Tout à l'heure c'était tout à l'heure, maintenant c'est différent, j'ai repris mes esprits... La météo aussi d'ailleurs, écoute, l'orage est terminé...

- Imbécile, personne n'en aurait jamais rien su.

- Retournons faire des photos...

- Ce soir je n'ai plus envie de te voir... Je retourne en bas... Dans cette foule je vais bien en trouver un moins lâche que toi.

Elle redescendit un étage mais ne trouva pas le bouton d'appel de l'ascenseur.

- Victor ! s'égosilla-t-elle, viens m'aider... Je te promets que je ne sauterai pas dessus, je te le jure... sur la tête de ta grognasse et de ses deux mouflets.

En se plaignant de la vulgarité des propos, Victor Tarin se sacrifia, rejoignit Marie Balot et appela le monte-charge.

La machinerie antédiluvienne vissée sur le palier supérieur se mit en route et l'ascenseur monta lentement, accompagné de quelques grincements de douleur et de vieillesse.

- A quoi penses-tu Victor... tu rêves ? fit Marie en voyant son compagnon les yeux hagards, fixant le toit de la cabine chargé de poussière.

Tarin ne répondit pas, absorbé par le mouvement.

- Je suis sûre que tu penses à ce que tu as loupé tout à l'heure... Tu sais, il n'est pas encore trop tard...

- Elle ne s'est pas suicidée ! fit Victor pour toute réponse.

- Tu délires mon pauvre garçon ? Un bon câlin va te remettre les idées en place.

- Maîtrise ta libido Marie, je te dis qu'elle a été assassinée... Elle a été assassinée... Tu comprends ce que cela veut dire ?

- Mais enfin... de qui parles-tu ?

- Tu ne te souviens pas ?

- De quoi ?

- Du gardien du phare et de sa mère retrouvée pendue ici même il y a quelques années ?

- Oui... cet horrible misogyne qui a plongé dans le *Trou de l'Enfer*... C'est si loin tout ça... Occupe toi plutôt du présent... et de notre avenir...

- Les gendarmes avaient conclu à un suicide... Je crois pouvoir affirmer maintenant que c'est faux... Ce n'est pas possible...

- Comment peux-tu être aussi affirmatif ? Tu as des dons de voyance ?

- C'est l'ascenseur qui vient de me donner la clé de l'énigme, Marie...

- Assieds-toi Victor, et explique-moi ça calmement, reprit la journaliste qui avait retrouvé ses esprits, car j'avoue ne pas très bien te suivre dans tes déductions.

- Le jour de la découverte du corps, c'était le fameux dimanche de Pâques et de l'ouragan…

- J'ai couvert l'événement pour mon journal.

- Mais moi Marie, j'ai amené l'adjudant Margatière faire les premières constatations, ici même… Je me souviens très bien de la scène et des réponses du gardien, car j'ai tout noté sur mon ordinateur de poche… Margatière, le gardien et moi, nous avons pris l'ascenseur pour accéder à la coupole… Et il était en bas, on n'a pas eu besoin de l'appeler…

- Il n'y a là rien d'extraordinaire…

- Bien au contraire, c'est la preuve que madame Fernandez n'est pas montée seule… Elle ne s'est pas suicidée Marie, quelqu'un d'autre était dans la tour cette fameuse nuit de l'ouragan…

- Tu deviens de plus en plus mystérieux… C'est le romancier qui parle, non pas le journaliste… Tu délire mon pauvre Victor…

- Non ! Ecoute-moi : Mario, le gardien du phare, nous a précisé qu'il ne prenait jamais l'ascenseur, c'était une de ses phobies. Il montait toujours à pied les cent-quarante-cinq marches, cependant il a fait un effort et une exception, pour nous… Surtout pour l'adjudant Margatière en fait, qui insista…

- Jusque là, je te suis…

- L'appareil était déjà au rez-de-chaussée Marie… On n'a pas eu besoin de l'appeler…

- Je ne vois pas où tu veux en venir avec ton histoire d'ascenseur déjà sur le palier, cela me paraît au contraire logique qu'il fût là… Non ?

- Réfléchis bon sang ! S'il était là, c'est que *quelqu'un* s'en était servi dans les deux sens, et ce quelqu'un ne peut être que l'assassin de la vieille dame…

- Arrête de parler sous forme d'énigme, c'est frustrant à la longue… J'ai l'impression que tu me prends pour une gourde !

- Mario nous a précisé que sa mère était en pleine santé, mais que ses vieilles jambes souffraient de varices, et que par conséquent, elle n'aurait jamais pu monter la centaine de marches conduisant au sommet… Donc, si on accrédite la thèse de son suicide, elle s'est servie de l'ascenseur…

- Ca fait plus de dix fois que tu le dis…

- Arrête de m'interrompre… Une fois arrivée au palier de l'arrêt de l'ascenseur, il lui restait une vingtaine de marches à franchir pour accéder à la base de la tourelle, même si c'était difficile pour ses jambes, ce n'était pas impossible… Par contre, grimper les échelons en acier de l'échelle abrupte qui conduit aux lentilles de Fresnel et à la balustrade où la corde a été attachée, c'est une autre histoire… On verra cet autre détail tout à l'heure… Je reviens à l'ascenseur, élément essentiel… Qui l'a fait redescendre ?

- Elle a très bien pu le renvoyer…

- Pourquoi ? Pour permettre à son fils de monter faire sa visite quotidienne…

- C'est probable !

- Il ne s'en servait jamais, je te l'ai déjà dit… Il en avait peur et sa mère le savait indubitablement…

- Pour brouiller les pistes !

- Ridicule… Si elle s'était réellement pendue en haut du Cap Fréhel, c'aurait été pour que son fils la découvre en premier… et, je te le répète, Mario montait toujours à pied…

- Alors pourquoi ?

- La question serait plutôt : *qui ?*

- *« L'assassin de la vielle dame du Cap-Fréhel, celui qui prend l'ascenseur pour faire monter ses victimes au ciel ! »* s'amusa Marie en faisant trembler sa voix… Le fantôme de la tour…

- *L'inconnu de la tour,* plutôt ! Cette pauvre dame à été tuée autre part et son corps à été monté ici pour masquer sa mort en suicide… Cette mise en scène macabre a été orchestrée par un assassin qui, par paresse ou par négligence, n'a pas voulu redescendre à pied…

- Il ne te reste plus qu'à faire arrêter tous les

fainéants du coin… Tu n'as pas fini ! tenta de plaisanter Marie Balot qui commençait à croire dans la thèse de Victor Tarin.

- La question fondamentale de cette affaire est de savoir pourquoi on a masqué la mort de la vieille dame en suicide ? fit Victor qui négligea la sortie graveleuse de Marie.

- Et pourquoi l'a t-on tuée ?

- Si on lit bien les rapports de gendarmerie, on peut deviner qu'elle n'était pas très aimable… sa belle-fille avait la vie dure…

- *Encore une belle-doche revêche victime d'une bru tueuse…*

- Pas de conclusion hâtive, même si Maria avait de bonnes raisons de supprimer sa belle-mère.

Victor Tarin entraîna Marie jusqu'à la cloche d'acier de la tour, et lui démontra l'impossibilité qu'avait la vieille dame de forte corpulence, à grimper en haut de l'échelle d'acier conduisant à la lanterne.

- Tu vois vraiment madame Fernandez grimper là-haut et accrocher la corde à cette balustrade.

- J'avoue ne pas avoir beaucoup d'expérience dans les pendaisons, mais je me demande comment, après avoir accroché ma corde, je ferais pour… me pendre…

- Je suis heureux de te voir poser cette question fondamentale Marie, car c'est la deuxième preuve qu'une tierce personne a fait la sale besogne… La meilleure façon de se pendre - si je puis m'exprimer ainsi - c'est d'accrocher sa ficelle à un point haut, de faire son nœud de cravate suffisamment haut pour ne pas toucher le sol après être passé à l'acte… et…

- Mais alors, coupa Marie en frémissant, après avoir passé le nœud autour de son cou, elle s'est jetée dans le vide !

- Oui après avoir escaladé la rambarde comme un athlète des Jeux Olympiques… Tu vois, ça ne colle pas…

- Tu as une meilleure explication ?

- Notre inconnu a monté le corps en ascenseur, puis l'a transporté à pied sur son dos jusque la base de l'échelle en acier…

- Il faut être fort pour ça !

- Il n'y a que vingt-deux marches Marie, ce n'est pas une tâche impossible pour quelqu'un de déterminé.

- Qu'a fait ton assassin ensuite ?

- Il s'est débarrassé de son fardeau en posant le corps sur le sol…

Victor faisait tous les gestes en expliquant à Marie.

- Ensuite, il est monté passer la corde dans la rambarde, comme ça, en laissant les deux bouts pendre… Il est redescendu, a fait le nœud coulant, l'a passé au cou de madame Fernandez, a attrapé l'autre bout de la corde… et a tout simplement tiré dessus pour faire monter le corps…

- Oui !!! s'exclama Marie, la rambarde faisant

tout simplement office de palan.

- Et voilà… Il ne lui restait plus qu'à redescendre… Et c'est là que notre bonhomme…

- Ou bonne femme…

- Si tu veux ! Mais « il » ou « elle » a fait une erreur grossière en reprenant l'ascenseur au lieu de l'abandonner en haut, comme cela aurait dû se faire si madame Fernandez l'avait pris pour son dernier voyage sans retour…

- Tu es génial Victor, vraiment génial…

- Je sais…

De retour dans l'intimité de son bureau, Victor Tarin rechercha le DVD.rom où étaient stockés les rushs des interviews qu'il avait menées l'année correspondant à l'affaire du Phare au pendu, et imprima les données qui lui étaient consacrées.

Il relut tout l'interrogatoire mené par l'adjudant-chef Margatière dans l'enceinte même du phare et trouva la confirmation qu'il recherchait : *Mario ne prenait jamais l'ascenseur et la cabine était bien au rez-de-chaussée au moment de leur arrivée.*

- Cela confirme bien ce que je pensais… fit Tarin en rangeant ses papiers.

Il était temps d'aller se coucher.

La nuit est longue, quand des centaines d'idées vous trottent dans la tête. Le lit n'est pas assez grand et il est impossible de trouver une bonne place pour s'endormir. C'est exactement ce qui arrivait à Victor, qui finit par réveiller Blanche à cinq heures du matin, qui n'apprécia pas.

- Qu'as-tu à gesticuler comme un ver de terre ?
- Je cherche des réponses.
- Tu ferais mieux de dormir.

Le téléphone sonna.

- Qui peut bien appeler à cette heure ?
- Décroche, tu vas le savoir…
- Allô !
- …
- Qui ?
- …
- Tu es vraiment gonflée toi…
- C'est qui ? reprit Victor intrigué.

- Ton ancienne poufiasse !

- Marie ?

- Oui *Marie les baloches*... Ca t'étonne, t-en as eu d'autres dans le style pute de luxe ?

- Que veut-elle ?

- Je ne suis pas curieuse de le savoir ! termina Blanche en raccrochant bruyamment.

- Tu n'aurais pas dû ! Elle avait peut-être un truc important à me dire.

- A mon avis elle était en chaleur et cherchait un mâle pour terminer la nuit, fit Blanche qui voulait se rendormir au plus vite.

- On s'est vu hier soir au concert... tenta Victor.

Parfaitement réveillée, Blanche ralluma la lumière et fit face à Tarin.

- Tu as fait une bêtise ?

- Mais non !

- Si tu l'as touchée cette *Marie couche-toi-là,* je l'étripe et je te fais castrer... comme notre chat... c'est remboursé par la Sécu

- Calme-toi Blanche, il ne s'agit pas de cela, mais de mon enquête...

- Une enquête ou une *en quéquette* ? relança Blanche qui n'avait pas l'humeur comique.

Le téléphone sonna de nouveau et mit fin provisoirement à la scène qui commençait.

Victor attrapa le combiné en premier et Blanche

appuya sur le bouton actionnant le haut-parleur tout en levant un index menaçant de manière à lui signifier :

- *« Attention à ce que vous allez vous dire ! »*

- Marie ! fit Victor tout en regardant Blanche, que signifie un appel à cette heure-ci… Tu as des problèmes ?

- Avec ta mijaurée oui ! répondit-elle, elle me fait perdre des unités sur mon forfait.

- Elle est en manque la *Marie salope* ? hurla Blanche en réaction.

Victor eut bien du mal à faire taire les deux femmes qui se saluaient à coups de noms d'oiseaux biens choisis… On aurait dit deux boxeurs en campagne promotionnelle pendant une conférence de presse avant un match décisif. Finalement, après quelques tractations amiables, Tarin obtint une trêve dans les hostilités verbales.

- J'ai bossé pour toi Victor ! reprit Marie.

- Explique-toi.

- J'ai dragué le petit frère de Pedro qui était au concert…

Blanche chuchota :

- *« décidément elle est incorrigible… »*

- Ca n'a pas été difficile ? demanda Victor qui fit signe à Blanche de ne pas intervenir.

Il lui expliquerait après…

- Le petit mignon était à peine dépucelé… Il

était ravi d'apprendre autant de trucs en si peu de temps... Et il apprend vite... et bien... un peu comme toi Victor !

Blanche ouvrait et fermait les poings en montrant des signes d'énervement.

« - Calme ! lui fit Victor en masquant le haut-parleur. »

- Et toi Marie, qu'as-tu appris ? reprit le journaliste.

- Beaucoup de choses, essentielles pour débuter notre investigation si tu veux mon avis... mais je ne peux pas te dévoiler ça au téléphone... En plus, je veux mener cette enquête avec toi... D'un bout à l'autre Victor... Avec ta promesse de ne rien publier dans ton canard avant moi...

- Tu l'as Marie, si ton info est primordiale.

- Elle l'est Victor ! Elle l'est ! Tu vas rester sur ton cul... Qui est bien joli d'ailleurs...

Victor, Marie… et Blanche, s'étaient donné rendez-vous pour déjeuner ensemble et parler de l'affaire qui les réunissait. Les enfants avaient été confiés à la grand-mère qui, malgré quelques plaintes, adorait ça.

Bien sûr quelques tractations préliminaires avaient été nécessaires à Victor, afin d'assurer la tranquillité du repas. Il avait fallu choisir un terrain neutre, car, si Blanche refusait de recevoir cette *«traînée de Marie les balloches»* dans sa maison, Marie n'acceptait pas de manger un repas confectionné par une « *pucelle aux mains sales.* » Un terrain neutre fut donc recherché et trouvé sur la terrasse de la *Crêperie des Blés d'Or.* C'est Marie qui avait choisi. Chacune avait promis de ne pas provoquer, à condition bien sûr :

- « Que l'autre ne commence pas ! »

Le premier contact entre les deux diablesses fut froid et distant. Prévoyant, Victor s'installa au milieu, afin d'éviter un contact physique trop rapproché. C'est Simon Etron lui-même, le patron de l'estaminet, qui vint prendre la commande en minaudant :

- Madame Tarin et monsieur, il y avait bien longtemps que…

- Mademoiselle ! fit Blanche en fusillant Victor du regard… Monsieur Tarin aime les situations compliquées et théâtrales…

Marie savoura en connaisseuse la colère de sa rivale.

- Vous avez choisi ? enchaîna Etron qui comprit qu'il ne fallait pas glisser sur une pente aussi savonneuse.

Après de longues minutes de discussions d'approches sans intérêt, où furent abordés les sempiternels sujets sur la pluie et le beau temps, alors que Victor terminait sa quatrième galette de blé noir complète sous l'œil admiratif et reconnaissant du patron du restaurant, Blanche lança une pierre dans la mare au moment où les deux journalistes entamaient leurs souvenirs journalistiques :

- Avant que vous ne commenciez à comparer vos cicatrices d'anciens combattants, si vous en veniez au but réel de notre rencontre… A moins que je sois de trop.

- Blanche… Que vas-tu chercher là ? reprirent en chœur Victor et Marie.

- Vide ton sac, et qu'on en finisse ! martela Blanche en se resservant un verre de cidre fermier.

- Elle a raison ! fit Victor, que voulais-tu me raconter à propos de notre affaire.

- Ce que tu m'as dit hier soir à propos de la présence d'une deuxième personne dans la tour de Fréhel le soir de l'ouragan, tu y crois toujours ?

- Plus que jamais !

- Tu as raison et tort à la fois !

- Explique-toi bon sang…

- Il y avait au minimum deux personnes dans la tour du Cap-Fréhel le soir de la mort de madame Fernandez.

- Il y avait déjà la grand-mère. Qui était l'autre? reprit Victor.

Marie Balot distillait ses informations en connaisseuses.

- Accouche Marie, pesta Victor, qui était-ce ?

- Hier soir, après ton départ prématuré du concert, je n'ai pas cessé de repenser à tout ce que tu m'avais dit : l'ascenseur… la corde… le pendu… l'inconnu, etc.

- Alors que je prenais un verre à la buvette, j'ai surpris la conversation d'un groupe de copains. Ils s'étonnaient de la présence des frères Fernandez dans la foule…

- Pedro et Juanito ? enchaîna Victor.

- Qu'ils sont mignons ces deux Espagnols ! Grands, bronzés, sexys... hum ! A croquer...

- Ca va ! s'emporta Blanche, si tu les as dragués tous les deux, épargne-nous les détails...

- Un seul Blanche... à mon grand désespoir ! s'amusa Marie, qui cherchait à provoquer sa rivale. J'aurais bien pris les deux garçons dans mon lit, mais il y en a un, Pedro, qui est définitivement perdu pour les femmes... il est passé dans la concurrence...

- Et ce Juanito, il t'a dit quelque chose ? reprit Victor.

- C'est fou ce que les hommes sont bavards quand ils sont à poil ! Allongé sur le siège de ma petite voiture comme chez le psy, il était aux anges...

- Le pauvre garçon, enchaîna Blanche un sourire moqueur au coin des lèvres, il n'a pas choisi une midinette pour le déniaiser, il aurait pu en trouver une plus jeune...

- Je te signale que j'ai un an de moins que toi ma vieille... siffla Marie Balot. Il aurait pu trouver pire, et plus moche aussi... Suivez mon regard !

- Je n'ai pas besoin d'un architecte des beaux-arts pour me préparer le matin... moi... ni d'un nettoyeur haute-pression pour me démaquiller avant de me coucher... s'énerva Blanche en lançant sa serviette à la figure de sa rivale.

- Mais je vais lui arracher sa perruque moi à ta grognasse si tu ne la fais pas taire...

- Oh ! Oh ! Oh ! Arrêtez de vous donner en spectacle comme des minettes de quinze ans bon Dieu, de quoi on a l'air… pesta Victor. Tout le monde nous regarde… Blanche arrête de prendre la mouche pour un oui ou pour un non, et toi Marie, finis-en avec tes provocations et accouche ton histoire… Merde à la fin !

- Tu me promets de mener cette enquête avec moi jusqu'au bout, et de ne rien me cacher ?

- Oui !

- Je ne devrais peut-être pas, mais je te crois !

- Et tu as raison ! termina Victor en croisant discrètement les doigts.

- Eh bien ! voilà : Hier soir, Juanito était tellement excité, qu'il m'aurait donné son numéro de carte bancaire pour une caresse de plus… Je connais bien les hommes, j'ai commencé à lui poser des questions… Quand je lui ai promis que l'on se reverrait ce soir pour la deuxième leçon, il ne s'est pas méfié et il a déballé son sac… Tout en me caressant les seins, qu'il avait l'air de trouver à son goût, il a dit :

« - C'est Pedro qui est a l'origine de la mort de mamie... mais c'était un accident... il n'en a pas fait exprès... »

Pedro un assassin !

La révélation avait été comme un coup de poignard dans le dos pour Victor, qui n'avait jamais pensé à cette éventualité.

Si la connaissance de l'identité puis la capture du meurtrier est le couronnement de toute recherche policière bien menée, découvrir les sombres raisons qui ont poussé le criminel à tuer est intellectuellement plus motivant. L'arrestation du coupable n'est finalement que le point final de l'investigation. Comme la rédaction d'un livre sur un fait précis de l'histoire, qui n'est que la mise à disposition du public de plusieurs mois de fouilles passionnantes dans des archives souvent inviolées, l'enquête policière est avant tout un travail de réflexions et d'analyses, où chaque réponse apporte une nouvelle question.

Errer dans les méandres de l'esprit d'un tueur et découvrir sa logique, est une gymnastique que Victor Tarin adorait.

Jusqu'à ce fameux repas à la crêperie des Sables-d'Or où Marie Balot avait donné un nouvel élément de réflexion au journaliste, Victor Tarin était persuadé de la culpabilité de Maria. La pauvre femme avait tellement de raisons d'éliminer sa belle-mère, encouragée par le gardien du phare qui débordait d'imagination pour la martyriser.

Bien sûr il s'était intimement demandé comment ce petit bout de femme avait pu faire pour transporter le corps de l'arrêt de l'ascenseur au palier supérieur.

Victor était tellement absorbé dans ses calculs, qu'il n'entendit pas sa compagne s'approcher. Elle lui entoura le cou avec ses bras, l'embrassa tendrement et lui glissa à l'oreille tout en la mordillant :

- Il est deux heures du matin Victor chéri, tu n'as pas autre chose de plus intéressant à faire ?

Elle était superbe avec sa nuisette en satin, un cadeau que lui avait fait Victor pour un de ses anniversaires… Il y avait bien longtemps… Et les cadeaux de Victor Tarin étaient si rares, que Blanche s'était légitimement demandé les raisons profondes qui avaient motivé son ingrat de compagnon à lui faire un tel présent.

« - Tu as quelque chose à te faire pardonner ? lui avait-elle demandé en déballant l'objet d'un air très soupçonneux.

« - Oui ! avait-il répondu du tac au tac.

« - Marie Balot ? avait-elle hurlé.

« - Quoi Marie Balot ?

« - Tu as couché avec elle ?

« - Tu es folle !

« - Alors qu'as-tu à te faire pardonner ?

« - Mon ingratitude !

« - Ca veut dire quoi ?

« - Je dis *« oui ! »*

« - Non ?

« - Si, je te le répète, je te dis *« oui ! »*

« - Je t'aime.

« - Moi aussi ! » avait-il répondu en l'embrassant tendrement.

Et neuf mois après, le nom de la petite Marie-Rose était couché noir sur blanc dans les registres des naissances de la commune de Fréhel.

C'est vous dire si cette nuisette historique avait de la valeur aux yeux de Blanche.

- Je n'ai pas vu le temps passer Blanche... rétorqua Victor en se frottant les yeux.

- C'est encore cette histoire de pendu qui te préoccupe, viens te coucher... Tu y verras plus clair demain...

- J'arrive, mais écoute-moi d'abord...

Blanche s'assit sur les genoux de son compagnon.

- Depuis aujourd'hui, on sait que c'est Pedro qui a tué sa grand-mère...

- C'était un accident...

- Je te l'accorde, mais que faisaient la grand-mère et le petit-fils dans la tour du Cap-Fréhel la nuit de l'ouragan ?

- Ils surveillaient...

- Quoi ?

- Est-ce que je sais ! Si la lampe fonctionnait... Si les portes étaient fermées... Il y a tellement de raisons pour se rencontrer dans un lieu de passage... Ils parlaient peut-être ?

- Il y a dû y avoir une dispute...

- J'ai une idée : comme d'habitude, le gardien et sa femme se sont disputés, Pedro s'est enfui de l'appartement et est venu se réfugier dans la tour où sa grand-mère est venue pour le rechercher...

- Ils se sont disputés... poussés... mamie est tombée et crac... morte sur le coup... pas mal... pas mal... Mais qui est monté la pendre ? continua Tarin en prenant des notes.

- Pourquoi pas Pedro ?

- Possible.

- Juanito ?

- Il était trop jeune…

- Il n'y a que quatre suspects possibles : le gardien du phare, sa femme, Pedro et Juanito.

- Ceux-là, ce sont les quatre que l'on connaît… Officiellement.

- Tu penses à une cinquième personne ?

- Oui ! intrigua Victor en terminant son dessin automatique.

- Qui ?

- Georges Souhatier… *Georges le raté* !

Etre intiment convaincu d'une chose motive pour ses recherches, mais cela ne donne pas une preuve formelle de la culpabilité.

Cela Victor le savait bien.

Lui qui aidait souvent Gus, le frère de Blanche détective privé à Saint-Malo, à résoudre des problèmes, il avait appris à chercher des preuves... à les provoquer même un peu quand elles rechignaient à venir.

« - *Georges le raté*, trouvé mort dans sa camionnette le matin de l'ouragan, avait quelque chose à voir avec l'affaire ! » Victor en était persuadé.

- Ce type est suspect dans le mystère du pendu! avait téléphoné Victor à Marie Balot... Je suis persuadé qu'il venait du phare le soir de sa mort.

- Qu'aurait-il fait là-bas ?

- Et si Georges était l'amant de Maria ?

- Maria Fernandez avoir un amant ! s'exclama Marie Balot, tu délires… Elle n'a pas le style…

- Parce qu'il faut un style pour ça ?

- Ecoute Victor, je suis une femme, et je doute que la gardienne du phare avec ses airs de madone adoratrice trompait son mari… Et puis, il l'aurait tuée…

- Je te l'accorde, mais alors que faisait Georges Souhatier au Cap-Fréhel ?

- S'il y était !

- Aucun doute la-dessus, il était là et il a quelque chose à voir avec la mort de la *mama*… indirectement peut-être… sûrement même… mais tout est lié… et je vais trouver…

- Bonne chance ! fit Marie en raccrochant.

Victor sauta dans son cabriolet et partit à la pêche aux renseignements. Dans un premier temps, il fallait qu'il trace le profil psychologique de Georges Souhatier pour trouver quelles raisons le restaurateur pouvait avoir de se rendre au Cap-Fréhel le soir de l'ouragan.

- Il faut avoir de bonnes raisons pour affronter une pareille météo et conduire sur une route accrochée à la falaise, alors que les éléments sont déchaînés, avait-il dit à Blanche avant de quitter la villa familiale.

Blanche non plus n'avait pas cru à l'infidélité de la gardienne du phare.

- Décidément, avait répondu Victor, cette pauvre femme était condamnée à passer sa misérable vie avec son bourreau...

- Elle n'a pas le profil de la croqueuse d'homme ! avait continué Blanche.

Quand Victor lui avait demandé de lui dresser le portrait robot de la femme infidèle, elle lui avait répondu sans l'ombre d'une hésitation :

« - Marie Balot ! »

Quand il s'agit d'aider, les gens ne sont pas bavards, c'est bien connu, mais si vous savez les aiguiller sur le dénigrement de leur voisin, ils sont intarissables. Il suffit de savoir ouvrir le robinet dans le bon sens. C'est exactement ce que ne sut pas faire Tarin ce jour là.

- Des huîtres, des ormeaux... des cons... se fâcha Tarin de retour chez lui.

- Que s'est-il passé ? s'inquiéta Blanche qui ne reconnaissait pas son compagnon.

- Je suis allé dans tous les bars, aux Sables-d'Or, à Plurien, à Fréhel, à Plévenon, je suis même monté jusque Matignon... et rien... rien... personne ne sait rien... Même à Port-à-la-Duc d'où Georges était originaire, on dirait qu'il n'a jamais existé… T'as beau les arroser, dès que tu abordes le sujet, ils ferment tous leurs gueules…

- Calme-toi Victor, ça ne sert à rien de t'énerver…

Le téléphone sonna.

C'était un interlocuteur qui voulait rester anonyme, car le numéro resta masqué sur le cadran du portable.

- Allô ! C'est qui ?

- C'est vous qui cherchez des renseignements sur Georges Souhatier ?

- On ne peut rien vous cacher !

- J'ai un truc pour vous !

- Je vous écoute !

- Allez voir sa femme, elle vous attend !

- Où ?

- A Brest.

- C'est vague…

- Elle y tient le « *Rat-colleur* » un bar à putes dans le bas de la rue de Siam…

- A qui dois-je ce renseignement ?

- Disons… à quelqu'un qui veut la peau d'un pourri…

- C'est qui « le pourri » en question ?

- A vous de le découvrir ! A mon avis vous n'allez pas tarder…

Et il raccrocha.

La petite famille Tarin profita de l'enquête de Victor pour aller se promener dans le Finistère, avec promesse de pousser jusque l'île de Sein, et tout le monde embarqua joyeux dans le cabriolet.

C'était l'été, il faisait chaud, la capote fut baissée... avec beaucoup de difficultés... à cause des rhumatismes du mécanisme.

De Sables-d'Or-les-Pins à Brest il y a un peu plus de deux cents kilomètres de voie express, qui furent avalés en trois heures par le véhicule poussif du journaliste.

Le « *Rat-colleur* » un bar de nuit qui ouvrait aussi le jour, comme il était étrangement précisé sur l'enseigne, était facile à trouver.

Victor gara son véhicule et, pendant que Blanche, Marie-Rose et Thomas arpentaient la rue de Siam, Tarin alla interroger la tenancière.

- La mère maquerelle ! avait précisé Blanche qui regardait d'un air soupçonneux l'établissement aux vitres tintées.

L'intérieur de l'estaminet correspondait tout à fait à l'idée que l'on se fait d'un bar avec hôtesses.

Il était étroit, sombre, tout en longueur, longé par un zinc où étaient appuyées sans conviction trois ou quatre jeunes filles en tenues légères, attendant les pigeons aux poches pleines tout en bavardant entre elles. Au bout de la salle trônait une scène, vide à cette heure-ci, où devaient s'effeuiller des lycéennes en quête d'un supplément d'argent de poche... *« on regarde, mais on ne touche pas »* était inscrit sur un panneau suspendu au décor.

Le barman, sûrement un ancien boxeur croisé avec un pitbull, lui lança un regard suffisant pour liquéfier un puceau.

- Tu me payes un verre mon loup ? lança la première vestale de comptoir en croisant et décroisant ses jambes couvertes de bas résilles accrochés à un porte-jarretelles qu'elle n'hésitait pas à montrer.

C'était comme dans une queue de taxis attendant le client à la sortie d'une gare : la première de la file avait la priorité pour accrocher le pigeon.

- J'ai rendez-vous avec la patronne, s'excusa Victor en déclinant poliment l'invitation.

- Dommage ! fit la demoiselle en lui caressant la joue, mais si la taulière personnalise ton fantasme, libre à toi…

Et elle éclata de rire, entraînant les autres.

- Que se passe-t-il les filles ? hurla un haut-parleur placé au-dessus du bar.

- C'est un monsieur pour vous !

- Si c'est le journaliste, faites-le monter, je suis prête à l'accueillir !

Un *« ho ! »* collectif et admiratif des filles accompagna la requête de leur patronne.

- Tu vas prendre du bon temps mon loup ! siffla admirativement celle qui avait accueilli Victor tout en le toisant.

- Laisse-le passer Joseph ! termina le haut-parleur.

- Par ici, aboya le barman en désignant une porte masquée par une tenture.

L'escalier était étroit et une sale odeur de tabac froid empestait l'atmosphère.

Victor frappa à la porte.

- Ouais ! Entre, entre, je t'attends.

Et Victor pénétra dans ce qui devait être une pièce à tout faire. Derrière un bureau en acier des sixties, était assise ou plutôt avachie une horrible adipeuse difforme dont la poitrine devait masquer ses genoux en station debout.

Mon Dieu, qu'elle était moche.

Quand elle salua le journaliste, il se demanda si ce n'était pas un ventriloque qui, caché derrière elle, faisait parler le monstre.

Elle n'avait pas la voix de son physique.

- Je termine avec ce détraqué, et je suis à vous.

La dame tapotait avec ses gros doigts sur un clavier relié au terminal d'une adresse coquine de l'Internet. Elle animait savamment son site en excitant des mâles en manque, qui faisaient inutilement chauffer leurs cartes bancaires en espérant un contact physique qui ne viendrait jamais...

« - Si ces pauvres naïfs voyaient celle qui les fait fantasmer sous le nom charmeur de *Sandra la tigresse,* leur libido en prendrait un sacré coup ! pensa Tarin qui aurait plutôt donné le nom de *Bertha l'ourse* à l'ancienne femme de *Georges le raté.*

- Je suis à toi mon mignon, que veux-tu savoir? fit-elle en baissant l'écran de son ordinateur.

- J'aimerais que vous me parliez de Georges Souhatier... avant sa...

- On est divorcé depuis pas mal de temps, mais je ne suis pas sans savoir qu'il a été refroidi le Georges.

- Vous ne croyez pas à un accident...

- Il est mignon, mais naïf le petit journaliste de campagne...

- Expliquez-moi !

- Tu me promets de ne pas avoir de micro planqué quelque part ?

- Comme je vous l'ai assuré au téléphone.

- Si tu m'as menti, Joseph saura bien te le faire regretter.

Victor frémit rien que d'y penser.

- Je n'ai rien pour prendre de note madame, ni crayon, ni enregistreur de voix.

- Georges, il avait un contrat sur la patate... continua la mère maquerelle.

- Un tueur ! s'exclama Tarin qui tombait de haut.

- Eh oui ! Y'a un amerloque qui voulait le dessouder... comme dans les films.

- Pourquoi ?

- Il était gentil Georges, mais dans les affaires c'était un rigolo, un idéaliste et en plus... c'était un voleur...

- Comment pouvez-vous dire cela ?

- J'ai couché avec lui pendant plus de dix ans, et même si je n'étais pas la seule à lui faire atteindre le septième ciel – lui non plus d'ailleurs, mais passons nos affaires de famille – ça crée des liens... On a gagné puis perdu pas mal de pognon tous les deux.

- Comment savez-vous qu'un tueur à gages le recherchait ?

- Y'a des trucs que nous on sait mon mignon… Ca parle pas mal chez nous, et pas toujours de la pluie et du beau temps… Peu avant sa mort, un yankee est venu poser des questions aux filles, de celles qui sont un peu trop précises…

- Sur Georges ?

- Oui, ses habitudes, ses goûts… Ca m'a intriguée, je l'ai fait suivre par des gars à moi, et on a découvert le pot aux roses…

- Vous n'avez pas prévenu la gendarmerie ?

- Pour qu'ils mettent le nez dans mes affaires ? Plus ils sont loin les perdreaux et mieux je me porte… Et puis ceux qu'il avait en face de lui mon Georges, c'étaient pas des tendres… Crois-moi sur parole… Le désert du Nevada mon mignon, c'est un vrai cimetière à tricheurs, à voleurs et à mouchards…

- Las Vegas, c'est loin de Brest !

- Pas tant que ça… Pas tant que ça… J'ai pas envie de finir mes jours dans la Rade avec un bloc de béton en guise de godasses… Tu comprends ?

- Qu'a-t-il fait pour qu'une mafia américaine veuille le tuer ?

- Oh ! C'est très simple. Les voleurs n'ont la hantise que d'une chose : c'est d'être volés par un autre voleur…

- Georges a fait un casse.

- Pire, il a triché au jeu.

- C'est possible ça ?

- Pour un mec qui n'a plus rien à perdre oui... Mais ce con de Georges a acheté la méthode à un type qui s'est fait coincer et qui gardait son fichier de clients dans une boite à chaussures...

- A quoi ça tient la vie ! s'exclama Victor qui commençait à comprendre.

- Ca répond à tes questions ?

- J'y vois plus clair, mais pourquoi m'avez-vous raconté tout ça ?

- Georges était un escroc, c'est un fait connu et reconnu dans notre monde, mais ce n'était pas un tueur... Ce n'est pas lui qui à descendu la grand-mère espagnole, ni qui l'a pendue... C'était pas son genre...

- Alors qui ?

- Allez demander à la mafia !

Victor expliqua à Blanche tout ce que *Sandra la tigresse* lui avait raconté à propos de la vie passée de Georges. Le journaliste ne manqua pas non plus de lui décrire avec force détails la beauté sauvage de l'animatrice du site porno.

- Si je comprends bien, fit Blanche qui n'avait pas perdu une miette de l'exposé, ta *nouvelle copine* pense que sa mort n'est pas accidentelle ?

- C'est un peu plus compliqué que cela ! répondit le journaliste alors qu'ils franchissaient le viaduc surplombant la ville de Morlaix.

- Si tu m'expliquais ?

- Sandra croit, comme moi d'ailleurs, que le tueur à gages et Georges étaient au Cap-Fréhel…

- Comment ce type aurait-il pu savoir que Georges y viendrait à ce moment précis ?

- Je doute que notre restaurateur soit venu au phare pour des raisons touristiques… pas un soir comme celui de l'ouragan... Trop dangereux...

- Moi aussi... Alors ton histoire ne tient pas !

- Mais si Blanche ! Ils avaient rendez-vous.

Blanche éclata de rire.

- Tu crois vraiment qu'un type téléphone à autre en lui disant : *« monsieur, je serais ravi de vous rencontrer ce soir dans un endroit désert pour vous tuer, venez seul et habillé sport... »* Tu délires mon pauvre Victor...

Et elle balaya l'idée d'un revers de main.

- Tu simplifies trop Blanche, mais tu n'es pas si loin que cela de la vérité, reprit le journaliste après un petit moment de réflexion.

- Je suis curieuse d'entendre ta version.

Victor remit ses idées en place et attaqua :

- Georges n'était pas un enfant de chœur, il avait baigné dans plusieurs coups fourrés, et il savait que sa triche à Las Vegas serait découverte un jour ou l'autre, et il savait aussi que tôt ou tard le propriétaire du casino délesté d'une confortable somme en dollars voudrait récupérer sa mise... d'une manière ou d'une autre.

- Notre flambeur a donc appris que sa tête de linotte était mise à prix ?

- Même divorcée, *Sandra la tigresse* avait gardé des rapports téléphoniques avec son ex.

- Elle l'a prévenu... D'accord... Mais lui, comment est-il rentré en rapport avec le tueur ?

- Je ne sais pas, et comme Georges n'est plus en état de nous parler, on ne le saura jamais.

- Ce que je ne m'explique pas Victor, c'est pourquoi un type payé grassement pour en tuer un autre accepte de rencontrer sa cible, au lieu de l'éliminer rapidement et en secret ?

- L'argent Blanche... L'argent... Georges n'avait pas envie de mourir... Il a dû promettre une grosse somme au tueur en échange de sa vie...

- Et c'est au Cap-Fréhel que devait se faire la remise des fonds...

- Probablement.

- Jusque-là, bien que très imaginative, ta thèse paraît plausible... Mais... car il y a un mais !

- Je te vois venir Blanche... Tu te demandes quel rôle joue la grand-mère Fernandez dans cette histoire ?

- Qui l'a pendue ?

- Georges ou l'Américain, peut-être même les deux...

- Il y avait un contrat aussi sur sa tête ? s'amusa Blanche qui ne prenait pas vraiment Victor au sérieux.

- Sa mort n'a pas été calculée, elle est due au hasard... répondit Victor qui ne prêta pas attention aux sarcasmes de sa compagne.

- Elle s'est trouvée au mauvais endroit au mauvais moment !

- Parfaitement... Cette pauvre dame, probablement insomniaque ou réveillée par la puissance de l'ouragan, a dû être intriguée par des mouvements inhabituels sur le parking du phare, et est sortie pour voir...

- La curiosité...

- Est un vilain défaut... oui... mortel dans le cas qui nous intéresse, reprit Victor.

- Ils l'ont tuée alors ?

- Affolée plutôt... Nos deux acolytes en pleine négociation ont été surpris de voir cette femme arriver dans leur champ de vision... Ils ont pris peur...

- Elle aussi !

- Sûrement... Ils sont sortis voir ce qu'elle voulait... Elle s'est sauvée... Ils l'ont poursuivie...

- La pauvre, avec ses jambes tapissées de varices...

- Soit elle est tombée sur le goudron et s'est assommée ou, plus probable, a fait un arrêt cardiaque et s'est effondrée...

- Si elle était tombée sur le macadam, elle se serait blessée... Non ? remarqua Blanche.

- Très juste, mais pas évident... En tout cas elle était inconsciente...

- Puis ces deux fumiers l'ont pendue ? s'indigna

Blanche en portant la main à la bouche.

- Eh oui ! Pour ne pas qu'elle parle...

- Mais elle était déjà morte !

- Ils n'en étaient pas sûr... Ils n'ont pas voulu prendre de risque...

- C'est affreux !

- Georges Souhatier trouvant la mort dans un accident quelques minutes après sur la route de Sables-d'Or-les-Pins, notre Américain a pu tranquillement retourner chez lui et faire son rapport à son patron... Le restaurateur éliminé, son contrat était parfaitement rempli et en plus, cet escroc avait reçu double paie.

- Comment ça ?

- Celle promise par le commanditaire de l'assassinat, plus ce que Georges a dû lui remettre pour l'épargner.

- Meurtre parfait... et rentable...

- Eh oui ! Point final ! conclut Victor.

Le cabriolet quittait Saint-Brieuc.

Victor jeta machinalement un œil sur l'enseigne du *Griffon des Trois Vallées,* cette guinguette à danseurs du troisième âge qui lui avait donné des soucis dans le passé, avec cette sombre histoire du tueur en série qui hantait la côte nord de la Bretagne.

- C'est une jolie histoire papa... raconte encore!

coupa Marie-Rose, debout à l'arrière entre les deux sièges.

- Mais tu n'es pas attachée ! pesta Blanche.

- Je vous entendais mal, la voiture de papa est tellement bruyante !

Dans leur emportement, Victor et Blanche avaient oublié la présence des enfants à l'arrière du cabriolet. Marie-Rose n'en avait pas loupé une miette et le petit Thomas, sanglé comme un aviateur dans son siège de bébé, souriait et applaudissait sa sœur.

L'automne approchait, Victor avait mis un point final à ses recherches sur l'histoire du *Phare au pendu,* et s'apprêtait à écrire son roman.

Le journaliste avait longtemps hésité à tout raconter à l'adjudant Margatière de la brigade de Matignon, mais, après avoir pesé le pour et le contre, il y renonça. Que pourraient-ils faire de plus, il n'y avait plus personne à arrêter, à part le tueur à gages, mais pour le coincer celui là...

La *mama Fernandez* avait trouvé une mort accidentelle, mais provoquée, en se mêlant de choses qui ne la regardaient pas, et les vrais assassins ne seraient jamais inquiétés ; Georges, parce qu'il était mort, et l'Américain, parce qu'il serait impossible de le confondre un jour. Ce type, habitué aux missions interlopes, avait certainement pris la précaution de voyager avec une fausse identité et la possibilité d'interroger le patron du casino de Las Vegas où le restaurateur avait testé ses talents de tricheur, était proche du zéro absolu…

Les choses en étaient là, lorsque tout fut relancé par un appel téléphonique de Marie Balot, la pulpeuse collègue de Victor Tarin qui travaillait pour le *Courrier d'Armorique*, l'autre journal couvrant le grand ouest de la France.

La famille Tarin était à table quand le portable de Victor manifesta sa présence avec une sonnerie jouant le dernier tube à la mode.

- C'est toi Marie-Rose qui a encore joué avec mon téléphone ?

- Ta vieille sonnerie était ringarde papa, celle-là est mieux !

- Si tu le dis… termina Victor en prenant la communication. Mais je ne veux pas que tu joue avec cet appareil, ce n'est pas un hochet.

« - Victor Tarin j'écoute !

- J'ai du nouveau dans l'affaire du pendu Victor, ça va t'intéresser, attaqua Marie, toute ta thèse sur le tueur à gages s'écroule. La vérité est beaucoup plus horrible que ce que tu imaginais…

- Raconte !

- Qui est-ce ? coupa Blanche qui n'appréciait pas les perturbateurs à l'heure du déjeuner.

- Euh ! Marie Balot !

- En plus, elle ne pouvait pas attendre quatorze heures celle-là ? Passe-la-moi !

- Trop tard, elle a raccroché ! mentit Victor en déconnectant lui-même l'appel.

- Bien ! Maintenant coupe ton truc qu'on mange paisiblement.

Aussitôt le repas terminé, Victor rappela Marie Balot pour connaître ce fait nouveau qui, selon elle, allait tout remettre en cause.

Ce que sa collègue lui révéla alors sur l'affaire était tellement incroyable que Tarin mit tout son manuscrit à la poubelle et supprima le fichier de son ordinateur.

Tout était à réécrire, du début à la fin…

Pour connaître enfin la vérité sur les mystères du *Phare au pendu,* Victor se rendait à Saint-Malo où il avait rendez-vous avec Marie Balot.

Saint-Malo était une ville que le journaliste connaissait bien, d'ailleurs sa compagne en était originaire, et puis il y avait aidé la police à résoudre l'assassinat d'un député.

La rencontre entre les deux journalistes devait se faire à la gare. Victor reconnut la petite voiture de Marie.

- Ce que tu m'as dit au téléphone est incroyable Marie, tu es sûre de toi ?

- C'est trop grave pour plaisanter Victor, quand tout cela va être connu, une quinzaine de personnes va se retrouver au chômage, c'est automatique.

- Sans compter les dégâts touristiques !

- Là je pense plutôt que ça va plutôt engendrer un nouveau style de tourisme dans ta station : le voyeurisme macabre…

- Aux Etats-Unis ça existe déjà ! enchaîna Victor. A Los Angeles j'ai vu des prospectus proposant des excursions dans certains quartiers de la ville à bord d'un corbillard.

- Et que va-t-on voir à bord de ce véhicule ?

- Les maisons où il y a eu des assassinats… La visite se termine même par la morgue !

- Ah ! Ces Américains ! frémit Marie, tout est bon pour faire du fric…

Installés devant un verre à la porte Saint-Vincent, les deux collègues firent le point sur les révélations de Marie.

- Ca va être l'heure d'aller à notre rendez-vous Victor !

Leur contact habitait un petit appartement situé dans un de ces immeubles de l'Intra-muros où le confort spartiate n'est pas comme dans d'autres endroits, proportionnel au loyer. Quatrième étage sans ascenseur, vue imprenable sur le toit du voisin et parking assuré… à la fourrière, chauffage quasi-inexistant, habiter dans l'enceinte de la vieille ville mérite bien quelques concessions. C'est exactement ce qu'avait fait Pedro en louant son *bouiboui* une fortune.

Il reçut les journalistes sur un canapé ou plutôt une banquette, multifonction. Siège inconfortable pendant la journée, lit monastique la nuit, l'objet avait été acheté dans un de ces magasins braderies où des particuliers fauchés vendent ou troquent des objets inutiles ou complètement déglingués à des clients sans argent.

- Voulez-vous boire quelque chose ? demanda Pedro.

- Un café ! répondit immédiatement Victor qui ne pouvait pas se passer de sa drogue favorite.

- Et moi un thé ! enchaîna Marie qui se voulait plus raffinée.

Grâce aux relations privilégiées que Marie Balot avait tissées avec Juanito, le frère de Pedro, elle avait pu rentrer en confiance dans la famille et tranquillement, sans les provoquer, apprendre certaines choses…

Le voile de la méfiance était tombé…

Victor Tarin, qui connaissait bien Marie Balot, était soufflé du changement que ce jeune garçon d'origine espagnole avait pu opérer sur le comportement de son ancienne compagne. Voilà plus de six mois qu'ils se fréquentaient régulièrement.

Blanche ne cachait pas son étonnement, mais était ravie.

- « Elle va enfin laisser Victor en paix ! » disait-elle.

- Je trouve quand même la différence d'âge importante ! tempérait le journaliste.

- L'amour efface tout, répondait Blanche, il faut les aider.

- Oui bien sûr ! répondait Tarin, qui au fond de lui éprouvait un petit pincement de jalousie.

Après tout, être désiré ne lui déplaisait pas...

Alors que l'eau chauffait, Pedro s'assit sur une chaise bancale et commença à raconter son histoire :

- Marie vous a dit, monsieur Tarin ?

- Résumé seulement, mais j'aimerais entendre cela de votre bouche.

- Ce n'est pas très facile d'avouer son homosexualité !

- Nous ne sommes pas là pour vous juger Pedro, votre vie sexuelle vous appartient, reprit Marie qui se leva pour couper le gaz.

- Jusqu'à la mort de ma grand-mère, j'avais des rapports avec certaines personnes de la région...

- Des rapports amoureux ?

- De l'amour fugitif, monsieur Tarin, contre monnaie...

- Vous vous...

- Oui, je me prostituais.

- Le soir de l'ouragan aussi ?

- Comme tous les soirs depuis mes dix-huit ans, c'était à cette époque ma seule façon d'avoir de l'argent... Mon père n'était pas facile vous savez... Il me détestait... sa mort ne m'a pas affecté...

- Qui était votre client ce soir-là ?

- Vous savez bien, Marie vous l'a dit !

- Je ne savais pas que Georges était homo ?

- Vous seriez surpris de connaître le nombre de client que j'avais sur Fréhel, et leur nom surtout ! Mais je sais garder des secrets...

- Que vient faire votre grand-mère dans cette pénible histoire ?

- Mamie avait du mal à dormir, et cette nuit-là, avec l'ouragan, elle ne dormait pas du tout. Intriguée de voir de la lumière dans la salle d'honneur du phare, elle a pensé que c'était mon père qui avait des problèmes... La météo, vous comprenez...

- Oui ! Elle vous a vus ?

- Elle nous a surpris et a menacé de tout révéler à mon père et d'aller le chercher sur le champ... mon client a pris peur... il a voulu la rattraper, mais elle s'est écroulée... Je l'ai crue morte.

- Elle ne l'était pas ?

- Non, son cœur battait encore, faiblement, mais il battait encore...

- Et cette bouteille de parfum dont votre père a parlé aux gendarmes, c'était à vous ?

- Non ! A mon client, il a été maladroit.

- Qui a lancé l'idée de pendre la grand-mère, votre client ?

- Non ! Il s'est sauvé… sans me payer d'ailleurs… mais cela n'a plus d'importance…

- Si ! On sait maintenant formellement que votre grand-mère ne s'est pas suicidée, on ne connaît toujours pas l'identité de celui qui l'a pendue…

- Moi je le connais…

- Comment pouvez-vous être aussi affirmatif ?

- Je ne l'ai pas vu personnellement, mais sa voiture était cachée derrière la tour Vauban.

- Vous ne pouviez pas la voir depuis l'enceinte du phare, c'était hors de votre champ de vision…

- J'étais très perturbé… Ma vie me semblait un enfer… J'ai voulu me jeter du haut des falaises, et c'est en allant vers la pointe que je suis passé à côté du véhicule… Je n'y ai pas pris garde sur l'instant, c'est seulement depuis que je parle avec Marie que ce détail m'est revenu à la mémoire…

- Etes-vous prêt a témoigner Pedro ?

- Oui ! Mais j'aimerais d'abord lui parler.

- C'est dangereux, vous ne croyez pas ?

- Je vais lui téléphoner ce soir, et demain je vous accompagnerai à la gendarmerie.

- Dites-nous au moins son nom !

- Demain, il sera encore temps…

A l'époque de notre affaire, à quelques jours de la Toussaint, il ne restait plus que quelques commerces ouverts à Sables-d'Or-les-Pins. L'hiver une chape de plomb était posée sur la plus énigmatique des stations de la Côte d'Emeraude et attendait son renouveau avec le printemps suivant.

Construite dans les années 1920 dans un lieu désertique où ne poussaient que des ajoncs retenant de gigantesques dunes de sable fin, par deux aventuriers de Saint-Malo, Sables-d'Or-les-Pins connut le succès dès les premières années. Le premier hôtel, construit en trois mois jour et nuit à la lueur des phares de voitures, devenu quelques années après un des plus célèbres casinos de la *côte d'Emeraude,* accueillit de nombreuses vedettes du cinéma, du théâtre, de la danse et de la chanson… Devant le succès de ce premier hôtel construit au milieu de nulle part, entouré de dunes de plus de quarante mètres de haut où furent testées les premières voitures à chenilles de la *Croisière d'André Citroën,* les pieds sur une gigantesque plage de sable fin que longeait la nouvelle ligne du petit train des Côtes-du-Nord, beaucoup d'autres virent le jour, avec tout le confort moderne : eau chaude, service d'étage, ascenseur… Tout le gratin fortuné des *Années Folles* se donna bientôt rendez-vous dans ce lieu mystérieux et magique où les fêtes succédaient aux courses de voitures, aux concours d'élégance et aux rallyes hippiques… Encore quelques mois et les dunes se couvraient de villas toutes plus belles les unes que les autres, où la folie *Arts-Déco* pouvait s'exprimer en toute liberté.

Victor connaissait bien Sables-d'Or-les-Pins, puisqu'il y habitait, mais la magie du lieu le fascinait toujours. L'arrivée dans cette avenue des Acacias, que l'on dit aussi large que les Champs-Élysées, était toujours un spectacle renouvelé. Les voyageurs des mois d'hiver, égarés dans cette gigantesque avenue longée de villas aux volets clos et bordée par cet énigmatique Hôtel des Arcades à la façade blanche, véritable décor de cinéma oublié là par un réalisateur mort en milieu de tournage, peuvent se croire dans un lieu oublié par le temps, à la mémoire à jamais gravée dans le marbre de l'entre-deux guerres. On dirait une de ces villes fantômes abandonnées après la *Ruée vers l'or* qui hantent encore les déserts californiens.

Avant de rentrer chez-lui, Tarin se demanda comment les gens de la région allaient réagir quand ils apprendraient la vérité sur cette triste affaire qu'ils croyaient close depuis longtemps.

Avant de se coucher Victor regretta d'avoir laissé Pedro téléphoner à celui qui avait pendu sa grand-mère.

Des sirènes hurlantes déchirant le petit matin quand tout est calme et silencieux, ce n'est pas ce qu'il y a de mieux pour réveiller en douceur un journaliste qui a passé une grande partie de la nuit à écrire des notes et à les ranger en vue de la réécriture de son roman. C'est pourtant ce qui se passa vers quatre heures le lendemain matin.

Il en arrivait de partout, de Matignon, de Saint-Brieuc, de Saint-Cast, de Dinan… le capitaine des pompiers d'Erquy - les premiers arrivés sur les lieux du sinistre - comprit rapidement qu'il ne pourrait pas arriver seul à éteindre le feu qui risquait de se propager à d'autres bâtiments.

- Que se passe-t-il ? fit Blanche en s'étirant.

- Il doit y avoir un incendie ! Je vois une lueur rougeâtre remplir le ciel ! répondit Victor qui s'était approché de la fenêtre.

- C'est où ?

- Du côté des Arcades… Il me semble !
- Va voir ! reprit Blanche en se recouchant.
- C'est bien ce que je comptais faire.

Ce n'était pas l'ancien hôtel des Arcades qui flambait, mais le bâtiment qui renfermait la *Crêperie des Blés d'Or.*

Ce bâtiment tout en béton armé, sans style visible, sauf celui du mauvais goût, avait été construit sur l'avenue des Acacias une vingtaine d'années avant les évènements qui nous préoccupent, par Simon Etron. Le restaurateur, qui n'avait pas obtenu l'aval de l'*Association des Propriétaires* qui surveille l'urbanisme de la station – non sans quelques grincements de dents - avait réussi à imposer son projet immobilier à force de procès et de bras de fer avec les autorités.

- La destruction de cette verrue va faire du bien à l'environnement… disaient quelques amoureux de la station venus admirer le spectacle de l'incendie.

- Ce blockhaus des temps modernes était comme une tache de peinture sur une statue de marbre ! renchérissait une vieille fille à la peau ridée, mais à la méchanceté acerbe.

- Comment est-ce arrivé ? demandait celui-ci.

- La bonbonne de gaz a dû exploser ! prophétisait celui-ci. Boum ! Et la baraque s'est enflammée comme un brasero.

- Ca ne m'étonne pas de Simon Etron, affirmait un autre, ce gars-là est juste bon à donner des conseils aux autres et à se vanter…

Il fallut plus de trois heures aux combattants du feu pour venir à bout du sinistre dont les flammes se voyaient à plus de dix kilomètres dans ce froid matin d'hiver.

Les gendarmes chargés de l'enquête ne comprenaient pas comment cet incendie avait pu commencer. Le bâtiment n'était pas vétuste et le capitaine des pompiers assura les militaires de sa parfaite conformité avec les règles en vigueur.

Ce n'est que plus tard dans l'après-midi que la vérité commença à se faire jour. La gendarmerie scientifique de Saint-Brieuc découvrit un premier corps calciné dans un local fondu qui était à l'origine une chambre froide. La porte à armature métallique ayant été bloquée de l'extérieur.

Le deuxième corps fut découvert quelques minutes après, gisant dans le même état physique que le premier à côté d'une nourrice de bateau.

- Pour nous c'est tout à faire clair ! répondit l'OPJ chargé de l'enquête à Victor Tarin qui lui demandait les circonstances de l'incendie pour son article de journal.

- Que pouvez-vous nous dire ?

- C'est un règlement de compte qui a mal tourné. L'individu « *B* », selon...

- Pardonnez-moi ! reprit Victor, qui appelez-vous *individu B* ?

- Nous ne connaissons pas encore l'identité des deux personnes que nous avons retrouvées carbonisées dans le restaurant, aussi les dénommons-nous respectivement « *A* » pour celui retrouvé en premier, et « *B* » pour le second... Vous suivez ?

- Comme cela c'est plus clair !

- Bien ! Je vous disais donc que l'individu *B* doit, selon toutes vraisemblances, être à l'origine du sinistre.

- Comment pouvez-vous être aussi affirmatif ?

- Nous avons retrouvé auprès de lui un récipient ayant contenu de l'essence.

- Vous pensez qu'il a allumé l'incendie et qu'il s'est fait surprendre par les flammes ? fit Victor Tarin.

- Les premières constatations vont dans ce sens... *B* à dû enfermer *A* dans la chambre froide pour une raison encore inconnue, puis a dispersé de l'essence sur le sol avant d'y bouter le feu. L'incendie a certainement pris au-delà des espérances de *B* qui a été pris à son propre piège.

- C'est tout ?

- Pour l'instant oui.

Au début de la soirée, alors qu'une odeur de brûlé empestait l'atmosphère de la station des Sables-d'Or, une petite voiture se gara devant le portail d'entrée de la villa Tarin. Une Marie Balot très inquiète en descendit et sonna.

C'est Blanche qui vint lui ouvrir et qui l'accueillit à bras ouverts, l'embrassant même sans arrière pensée. Les temps avaient changé, leurs rapports amicaux aussi.

Depuis que Marie était amoureuse du jeune Espagnol, Blanche la tolérait chez elle sans retenue. Elle avait constaté avec bonheur les changements que Juanito avait apporté aux comportements de la journaliste du *Courrier d'Armorique*.

Si elle avait joué avec le garçon au début, pour les besoins de l'enquête commune qu'elle menait avec Victor Tarin, au fil du temps et des rencontres, elle s'était attachée à lui, jusqu'à tomber folle amoureuse. Bien sûr Juanito était beaucoup plus jeune, mais le nouveau couple se moquait des railleries des biens pensants et vivait sa vie sans s'occuper des commères.

Au placard les tenues provocantes de l'aguicheuse Marie Balot, on ne la reconnaissait plus. Les tourtereaux avaient même des projets de vie commune, car ils ne pouvaient se voir que les week-ends à cause du travail de Juanito qui l'immobilisait à Rennes toute la semaine. Marie ayant quelques relations, elle lui avait trouvé une place dans une grande surface briochine, et dans quelques semaines, ils habiteraient le même appartement.

Marie avait même confié à Blanche qu'elle rêvait d'un petit héritier.

- Que se passe-t-il Marie ? demanda Blanche.

- Je n'arrive pas à joindre Pedro ! Hier il nous avait promis de venir à la gendarmerie pour déposer une plainte contre celui qui a pendu sa grand-mère… Il n'est pas venu au rendez-vous que je lui avais fixé et il ne répond pas au téléphone, j'ai un affreux pressentiment…

L'identité de l'individu « *B* » comme l'appelaient froidement les gendarmes, fut confirmé vers 20h30, grâce à une prothèse formellement reconnue par un dentiste de Plurien.

Quelques heures après, comme il le faisait quotidiennement pour écrire ses articles de presse, Victor Tarin appela la gendarmerie afin de connaître les derniers rebondissements de l'affaire.

Il écouta respectueusement le militaire qui lui lisait la *main-courante*, et il écrivit le nom officiel de l'inconnu « *B* » sur son ordinateur de poche.

Après quelques minutes de réflexions, nécessaires pour reprendre ses esprits et composer son papier qu'il expédia par modem à sa rédaction, il revint vers la cuisine

Marie y terminait de dîner en compagnie de

Blanche qui tentait toujours de la rassurer.

- Pedro a peut-être réfléchi, et il ne veut plus témoigner ! disait Blanche.

- Il semblait pourtant déterminé !

- Il est peut-être allé retrouver son frère à Rennes, afin de prendre cette grave décision en famille ? Témoigner après tant d'années et réouvrir un dossier si pénible ne doit pas être facile !

- Tu as peut-être raison Blanche ! termina Marie, j'ai trop tendance à vouloir m'ingérer dans la vie privée des autres... Après tout c'est leur grand-mère qui est morte, c'est à eux de décider... Je téléphonerai à Pedro demain...

- Bonne idée ! termina Blanche. Voilà Victor qui revient.

- Alors ! lui demanda Marie, on sait qui est le malheureux ?

Tarin ne répondit pas, mais posa une main attendrissante sur l'épaule de Marie.

- Oh non ! fit-elle, pas lui ?

- Je suis désolé Marie ! Il ne reste plus qu'à identifier l'inconnu *« A »*.

- Pourquoi lui ?

Et elle éclata en sanglots.

« Le fils de l'ancien gardien de phare Carbonisé dans l'incendie de la crêperie. »

L'information se lisait sur trois colonnes dans La *Chronique de l'Ouest*, avec tous les détails connus par Victor Tarin au moment de la rédaction de son article.

« (...) Le corps de Pedro fils aîné de Mario Fernandez, gardien du phare du Cap-Fréhel lors de la pénible affaire du pendu, qui horrifia toute notre région il y a quelques années, a été retrouvé brûlé vif à côté d'un bidon d'essence dans l'incendie qui a totalement détruit hier la Crêperie des Blés d'Or.

« Le corps d'un autre homme, dénommé « A » par les enquêteurs, a été découvert enfermé dans la chambre froide. « A » est toujours en cours d'identification.

« D'après les premières constatations des gendarmes, Pedro, qui aurait lui-même allumé le feu après avoir enfermé « A » serait victime de son crime...

« Tout reste encore à prouver... »

Effondrée par la nouvelle de la mort de Pedro, Marie Balot n'avait pas voulu rentrer chez elle. Blanche lui avait donné un somnifère, car elle n'arrivait pas à trouver le sommeil, son cerveau était assailli de questions diverses. Le petit matin la trouva complètement découverte, allongée en travers du lit.

- Ca va Marie ? s'inquiéta Blanche quand elle vit la journaliste rentrer dans la cuisine.

- Qui a bien pu faire ça ?

- L'enquête nous le dira.

- Et Simon Etron, on l'a retrouvé ?

- Il a disparu de la circulation celui-là, évaporé depuis hier soir... Les gendarmes pensent qu'il a été choqué de voir son restaurant partir en fumée et qu'il erre quelque part dans le secteur et qu'il va réapparaître... Quand il aura repris ses esprits...

- On ne le retrouvera pas vivant ce fumier, c'est lui l'inconnu *« A »* retrouvé dans la chambre froide.

- Comment peux-tu être aussi affirmative Marie?

- Pedro m'a tout raconté de la fameuse soirée de l'ouragan, c'est Simon Etron qui a pendu sa grand-mère. Il n'avait pas voulu le dire à Victor, mais il n'avait pas de secret pour moi. Hier soir Pedro est venu pour tuer Simon Etron, mais le pauvre garçon s'est laissé surprendre par la violence de l'incendie…

- C'est affreux !

- C'est contre lui que Pedro devait témoigner hier après-midi !

Le téléphone coupa les deux filles.

C'était Victor Tarin.

Quand la communication fut terminée, Blanche se tourna vers Marie et lui dit d'une voix froide :

- On sait qui est l'inconnu de la chambre froide!

Les cloches de Fréhel sonnaient lugubrement et appelaient les fidèles et les curieux venus nombreux pour assister aux doubles obsèques célébrées par l'abbé Goudoeuf.

Si l'église était pleine de chrétiens plus ou moins sincères, les bars recueillaient le trop-plein des hommes qui allaient verser leur obole à *saint Gosier.* Dans ces lieux où les fûts de bière menaçaient de tarir à cause de la demande les discussions sur les navrantes affaires qui secouaient la région de Fréhel depuis quelque temps, coulaient à flot. Chacun y allait de sa propre explication.

- Moi je dis que le vrai coupable n'est pas encore mort ! Disparaître comme par enchantement sans laisser de traces, c'est pas possible…

- Paraît que c'était un pédé ? renchérissait un autre qui semblait bien informé.

Dans l'église, la famille Tarin se tenait dans les premiers rangs et Blanche soutenait Marie Balot toute vêtue de noir. Une paire de lunettes fumées cachait ses yeux fatigués et tristes. Elle pleurait mais restait digne.

Les deux cercueils se tenaient côte à côte dans le chœur, séparés par un buisson de fleurs et de couronnes. Une se détachait parmi les dizaines qui allaient accompagner les défunts au cimetière, elle était signée « Marie Balot » et rendait un vibrant hommage à Juanito son amour perdu.

Que s'était-il donc passé dans la *Crêperie des Blés d'Or* le soir de l'incendie ?

Dès le départ de Victor et de Marie à Saint-Malo, Pedro avait appelé son frère pour l'informer de son intention de déposer une plainte contre Simon Etron. Mais les deux frangins décidèrent de ne pas étaler toute cette affaire au grand jour, elle avait déjà fait assez de dégâts au sein de leur famille : leur grand-mère et leur père morts prématurément puis leur mère enfermée à vie dans un hôpital psychiatrique leur suffisait...

Cette fois-ci, ils allaient les venger...

Ils étaient déterminés à forcer le responsable à se dénoncer...

Pedro connaissait bien Simon Etron, il avait travaillé comme saisonnier à la crêperie, c'est pourquoi ce dernier le fit entrer dans sa cuisine sans inquiétude. La discussion s'engagea, Pedro avançant ses preuves, Simon les réfutant dans un premier temps. Puis, voyant qu'il aurait du mal à prouver son innocence devant un jury, il s'énerva.

Assommant d'un coup de casserole Juanito, il attrapa une arme et se retrouva face à face avec un Pedro perdant les pédales :

- Tu veux savoir la vérité le pédé ?

- Qu'as-tu fait de mon frère ? Il est mort !

- Ta grand-mère aussi…

- Pourquoi ?

- Le soir où tu t'envoyais en l'air avec *Georges le raté*, je faisais des photos !

- Vous n'êtes qu'un voyeur et un pervers…

- Tu es mal placé pour me faire la morale Pedro… regarde-toi avant…

- C'était pour quoi les photos ?

- Pour faire chanter Georges et l'obliger à fermer son resto de merde… Mais je n'en ai pas eu besoin, ce connard est mort avant… bon débarras… et tu ne vas pas tarder à le rejoindre, petit fouilleur de merde…

Tout en parlant et en tenant Pedro en respect avec son arme pointée, le restaurateur avait traîné Juanito dans la chambre froide qu'il avait ensuite refermée.

- Et ma grand-mère…

- Oh la vieille ! Elle aurait dû rester couchée au

lieu de jouer les curieuses… Si tu me demandes pourquoi je l'ai pendue… Je te répondrais que je n'en sais rien… une improvisation… il faut croire que c'était une idée de génie, elle en a fait couler de l'encre…

- Vous êtes fou !

- Pas autant que ton père… que tu vas retrouver… maintenant…

Et avec sa main restée libre, il lui jeta un récipient d'huile bouillante à la figure. Ce dernier s'affala sur la gazinière où mijotait un pot-au-feu.

L'huile dont le corps de Pedro était recouvert s'enflamma. Le pauvre garçon, véritable torche vivante, couru vers l'évier, pensant éteindre le feu. Voyant cela, Simon lui lança tous les projectiles qu'il pouvait trouver. Une boîte de conserve familiale pleine de sauce tomate le fit s'étaler.

Simon Etron courut dans son garage, attrapa la nourrice de son bateau, dévissa le bouchon, vérifia son contenu et la jeta dans la cuisine.

Le feu se propagea à la vitesse de la lumière pendant que le restaurateur, prenant conscience de son geste fou, se dirigeait vers la plage...

Les deux frères Fernandez morts, il ne restait plus aucune possibilité de confondre Simon Etron, porté disparu depuis l'incendie de sa crêperie.

On ne retrouva jamais le corps du restaurateur.

Pourtant un jour, un pêcheur d'Erquy remonta un crâne dans ses filets, que l'on identifia comme celui de Simon Etron, mais quelques semaines plus tard, quelqu'un le reconnut formellement dans un hôtel de Caracas. La découverte de la carte de crédit du restaurateur par un enfant qui construisait un château de sable sur la plage de Sables-d'Or relança l'enquête qui fut bientôt classée faute d'éléments nouveaux.

Aux Etats-Unis, sur Internet, le tueur à gages continua de suivre avec amusement les péripéties de ce petit village français où il avait passé quelques jours agréables. Pour lui, ce contrat fut un des plus faciles de sa carrière, puisque sa cible mourut dans un accident de voiture avant même qu'il s'en mêle. Une affaire rondement menée et grassement payée pour laquelle il ne serait jamais inquiété, puisqu'il n'avait rien fait.

Victor Tarin couvrit pour son journal les dernières péripéties de l'affaire et surtout le déblaiement des restes calcinés du restaurant de Simon Etron, la verrue de béton qui avait un temps défiguré Sables-d'Or-les-Pins.

Quant à Marie Balot, elle se remettait rapidement de la mort de Juanito, et pensait de nouveau à reconquérir Victor, Blanche en était persuadée. Pour ces choses-là, elle avait du nez.

Fin

Les autres romans policiers de la collection Breizh noir

Coup de Tabac sur le Cap

(une aventure de VICTOR TARIN)

Le cadavre d'une jeune fille découvert dans le port d'Erquy un 14 juillet au matin, entraîne Victor Tarin dans une poursuite implacable contre de dangereux contrebandiers locaux, qui n'hésitent pas à faire plonger leurs ennemis du haut des falaises du Cap-Fréhel. Cette première aventure palpitante du célèbre correspondant de la *Chronique de l'Ouest*, vous entraînera sans répit sur les chemins du Penthièvre : d'Erquy à Lamballe, de Dahouët à Saint-Cast et de Pléneuf-Val-André à Matignon…

Meurtre sur la Rance

(une aventure de VICTOR TARIN)

Quand un ancien député malouin qui possède des dossiers compromettants sur tous ses ennemis refuse de vendre son terrain à un puissant promoteur dinardais, on ne tarde pas à entendre parler de mort accidentelle qui semble arranger beaucoup de monde. Victor Tarin nous fait découvrir ici les secrets bien gardés d'une puissante famille malouine aux intérêts totalement opposés à ceux de ses ennemis. Seulement voilà, les puissants murs d'une malouinière historique du Clos Poulet et les riches façades d'une luxueuse villa de la

Côte d'Emeraude ne laissent pas facilement filtrer leurs sombres histoires d'argent. De Saint-Malo à Dinard, en passant par Saint-Servan, Paramé ou Rothéneuf, le célèbre Correspondant de la *Chronique de l'Ouest* nous fait vivre une de ses grandes aventures sur les bords enchanteurs de la Rance.

Le Tueur des trois Vallées

(une aventure de VICTOR TARIN)

Un cyclotouriste étranglé sous le pont du Guildo, un couple de retraités de Lamballe assassiné dans une guinguette à troisième âge de Saint-Brieuc, une villa transformée en maison close au Val-André, et une galerie d'Art très spécialisée installée à Erquy, voilà un cocktail détonnant dans lequel Victor Tarin va encore mettre son nez, pour le plus grand plaisir des amateurs. Avec cette nouvelle aventure du célèbre correspondant de presse, laissez-vous guider dans l'univers trouble d'un justicier paranoïaque, qui fait trembler les retraités de la Côte d'Émeraude.

Du Sang sur la Lande

(une aventure de VICTOR TARIN)

Une série crimes mystérieux, que certains attribuent à de la sorcellerie, passionne la population de la côte de Penthièvre en pleine campagne pour les élections municipales. Des animaux sont égorgés dans des circonstances abominables, des porcheries s'enflamment mystérieusement et des assassinats qui ont le goût de la vengeance, font ressortir les mystères de vieux complots familiaux. Menant l'enquête entre le Val-André, Erquy et Saint-Cast, Victor Tarin nous entraîne dans un tourbillon de folie où la vengeance froide et les magouilles électorales déchirent la population de Plurien.

Vache folle et crêpes mortelles

(une aventure de VICTOR TARIN)

La mort d'un syndicaliste brestois dans la chute d'un avion de ligne à Lorient, après un congrès agricole mouvementé à Quimper, entraîne une psychose sans précédent chez les paysans bretons. Un serial-killer agricole exécute l'un après l'autre les éleveurs dont les troupeaux ont été atteints de la vache folle. Si les régions de Dinan, Loudéac, Erquy, Guingamp… sont cruellement touchées par la folie d'un tueur à la logique implacable, un syndicat écologiste basé à Rennes détient un grand secret qui risque de faire tomber le patron de la banque agricole et celui d'un grand groupe de fabricant d'aliments pour le bétail… Victor Tarin nous entraîne ici dans le monde fermé de l'agroalimentaire, où les intérêts financiers semblent supérieurs à la santé publique…

Grandes affaires criminelles

(histoires vraies) par Eric Rondel.

Retrouvez ou découvrez de grandes affaires criminelles régionales, qui défrayèrent la chronique nationale. Ces histoires vraies, racontées autrefois à la veillée comme une mise en garde, ou chantées dans des complaintes dont on vendait les feuillets sur la place du village, ont marqué des générations. Parfois, au fond de la mémoire collective, elles resurgissent encore. Ces terribles drames humains nés de la folie ou de la passion, font partie de notre histoire : Hélène Jégado, l'empoisonneuse aux 28 victimes ; Quatorze coups de couteau ; Les Infanticides ; Jeté par-dessus un pont ; Enterré vivant entre deux sillons ; Brûlé dans le four ; La servante étouffe son enfant ; Une petite boite en zinc dans la cave ; Jeté sur la grève ; Nouveau-né sauvé de la mort ; Maman trop jeune ; Deux enfants noyés par leur mère ; Le Père qui aimait trop sa fille ; le meurtre de l'Enfer ; Les frères diaboliques ; Brûlé vif dans la cheminée ; Cherche complice pour éliminer mari et gendre ; Si tu me quittes, je te tue ; Exécution d'un Barbe-Bleue ; Quand un mort se pend, l'assassin n'est pas loin ; Folie meurtrière d'un père ; Les frères tortionnaires ; La belle-mère, le gendre, et la pension ; guillotine pour un violeur ; 3 petits sacs au fil de l'eau ; Meurtre au Mont-Saint-Michel ; Double meurtre devant témoin ; Les amants terribles ; Les mystères de la forge et de l'armurier ; Meurtre dans les vapeurs de l'alcool ; Noël sanglant d'un vagabond ; Pauvre enfant martyre, fouettée à mort ; Condamné à mort pour avoir assassiné sa mère ; Quand c'est l'huissier l'assassin.

Un cadavre dans les choux

Léon Sublet, Garde champêtre par Bernard le Guével.

L'association des « Rabats-choux » organise son grand repas annuel à base de bricolins, le chou fourrager qui peut aussi servir à la consommation humaine. Des jalousies pour la terre agricole, des histoires de racisme, la bêtise humaine, l'intolérance sont au cœur de cette sombre affaire de choux. Qui est le méchant ? Alphonse Bourdillon, patron du CGA (Syndicat Général Agricole) ? Alfred Boisjoli, chef du PPN (Parti Populaire National) ? Jack l'Inventeur, le marginal de Trémeur ? Les membres de l'association des « Rabats-choux » ? Léon Sublet n'est pas né dans les choux et il n'est pas non plus né de la dernière. Il va donc aider l'adjudant-chef Mortagne à régler cette affaire en menant sa propre enquête, entre Broons, Jugon, Lamballe et Erquy.

Le radeau de l'amnésique

par Lionel Rioche.

Un radeau de survie échoué sur une plage, est prétexte à une série de rebondissements internationaux aboutissant inexorablement à la station balnéaire de Saint-Cast. Les faits divers locaux rejoignent l'actualité mondiale, les cadavres s'amoncellent. Ce roman qui nous entraîne de la Bretagne à l'Australie en passant par l'Angleterre et la Russie, mêle habillement les genres : policier, espionnage, thriller… Les personnages sont tous plus déjantés les uns que les autres. L'intrigue se complète d'un clin d'œil sans complaisance à la presse locale. Le radeau de l'amnésique, un polar un peu « barré » à lire sans modération.

Romans ou récits aux Editions Astoure

Jean de la Lande

par Jean-Claude Carlo

C'est le temps d'une porte qui se ferme sur ce que fut le monde paysan durant des millénaires.
Par touches légères et précises, nous pénétrons dans la vie quotidienne d'une famille de paysans gallos, dont l'accent rocailleux capte toute notre attention.
Dans le lointain sonne l'angélus, il est temps de partir… de marcher sur les pas de Jean de la Lande, traçant l'histoire d'une société rurale, dont la mutation profonde s'affirme au lendemain de l'Armistice de 1945.
Aux accents du parler du terroir, ce roman vivant, instructif, drôle, émouvant, sonnant juste, traduit parfaitement l'ambiance socio-politique de la France profonde de 1918 à la fin du XXème siècle.

Emile Souvestre, biographie et textes choisis

par Yan le Louarn

Emile Souvestre, souvent comparé à Charles Dickens fut un des plus grands romanciers du XIXème siècle. Monté à la capitale plein d'espoir mais maltraité par la critique, Emile préféra toujours sa Bretagne aux fastes des salons parisiens.

« Alors mon âme fatiguée se reprit à de vieux

souvenirs. Je commençai à regretter sérieusement ma verte Bretagne, et le mal du pays, dont le germe avait peut-être toujours été au fond de mes découragements, me saisit avec énergie. Mon séjour à Paris, lié au souvenir de tant de désappointements, me devint insupportable. Enfin un jour, plus triste qu'à l'ordinaire, et pris d'une sorte de crise maladive, je courus rue du Bouloy, je trouvai une diligence qui partait pour ma province, et, sans plus réfléchir, je m'y jetai, laissant à Paris mes malles, mes livres, mes espérances, et faisant banqueroute à la gloire.

Emile Souvestre le Morlaisien, c'est une biographie de l'auteur, illustrée de cinq textes choisis dans son oeuvre, ainsi que «Souvenirs d'un Vieillard,» qui fut son dernier roman et probablement un de ses meilleurs.

Naufrageurs et contrebandiers des Côtes Bretonnes

Par : Alfred de Bréhat Charles Delon Alfred Driou, Armand Dubarry, Paul Féval, Emmanuel Gonzalès, Emile Souvestre

Jusqu'au milieu du XIXème siècle, des paysans des côtes bretonnes, que la pauvreté pour certains ou le goût du sang pour d'autres motivaient, se transformaient en Naufrageurs dès qu'un coup de vent menaçait les côtes.

Dès qu'un navire était signalé en difficultés, on les

voyait se diriger par familles entières vers les grèves, armés de piques, de crocs, de haches, près à récupérer par tous les moyens ce que la mer leur rejetait et qu'ils voyaient comme un don de Dieu pour une population pauvre…

Et bientôt, dans la nuit noire, une lueur semblant danser au-dessus des flots en furie, comme le fanal d'un vaisseau ballotté sur les vagues, trompait les navires en difficulté en leur indiquant une mauvaise direction. C'était une pauvre vache aux jambes entravées cheminant sur la terre, aux cornes de laquelle on avait perfidement attaché une torche. Ainsi trompé, le capitaine dirigeait son bateau vers ce qu'il pensait le salut, mais qui n'était que des rochers où il s'échouerait lamentablement.

Et de Concarneau à Audierne, de Quiberon à Carnac, de Ouessant à Sein, du Conquet à Bréhat et même dans la région de Saint-Malo, des pilleurs d'épaves, qui priaient pour voir de violentes tempêtes s'élever et amener de riches vaisseaux à se briser sur leurs rochers, se jetaient sur tout ce qui flottait encore...

«Naufrageurs et contrebandiers des côtes bretonnes» ce sont huit récits empruntés à la tradition locale, signés de grands noms de la littérature bretonne tels : Alfred de Bréhat, Charles Delon, Alfred Driou, Armand Dubarry, Paul Féval, Emmanuel Gonzalès ou encore Emile Souvestre, qui transportent le lecteur au cœur de l'ouragan, dans la plus pure tradition du roman d'aventure.

Imprimerie de Guingamp
Dépôt légal 3ème trimestre 2002
I.S.B.N. : 2-84583-051-3
E.A.N. : 9782845830516